3's.

Don Qu

Colección dirigida por

Francisco Antón

Miguel de Cervantes

Don Quijote

Adaptación, notas y actividades
Agustín Sánchez Aguilar

Ilustraciones
Svetlin

Vicens Vives

Diseño gráfico: Estudi Colomer

Primera edición, 2004
Reimpresiones, 2004, 2004, 2004,
2004, 2004, 2004, 2004, 2004,
2005, 2005, 2005, 2005, 2005
Decimoquinta reimpresión, 2005

Depósito Legal: B. 15.324-2005
ISBN: 84-316-7637-x
Núm. de Orden V.V.: T-894

IMPRESO EN ESPAÑA
PRINTED IN SPAIN

Editorial VICENS VIVES. Avda. de Sarriá, 130. E-08017 Barcelona.
Impreso por Gráficas INSTAR, S.A.

Índice

Don Quijote

Don Quijote

Un caballero en busca de aventuras

En un lugar de la Mancha de cuyo nombre no quiero acordarme, vivió hace mucho tiempo un hidalgo[1] alto y seco de carnes que rondaba los cincuenta años y tenía fama de hombre bueno. Cuentan que se llamaba Alonso Quijano y que llevaba una vida modesta y sin lujos, aunque en su casa nunca faltó la comida ni unas buenas calzas de terciopelo que lucir los días de fiesta. Don Alonso vivía con una criada que pasaba de los cuarenta años y con una sobrina que no llegaba a los veinte, y era un hombre madrugador y amigo de la caza que había trabado una estrecha amistad con el cura y el barbero de su aldea. Por su condición de hidalgo, apenas tenía obligaciones, así que dedicaba sus muchas horas de ocio a leer libros de caballerías. Y tanto se aficionó a las historias de gigantes y batallas, caballeros andantes y princesas cautivas, que llegó a vender buena parte de sus tierras para comprar libros y más libros.

De día y de noche, don Alonso no hacía otra cosa más que leer. Por culpa de los libros, abandonó la caza y descuidó su hacien-

---

1 Los **hidalgos** eran los nobles de clase más humilde. No pagaban impuestos ni trabajaban, sino que vivían de rentas.

da,[2] hasta que a fuerza de tanto leer y tan poco dormir, se le secó el cerebro y se volvió loco. A veces soltaba de golpe el libro que tenía entre manos, blandía con fuerza su vieja espada y empezaba a acuchillar las paredes como si se estuviera defendiendo de una legión de fieros gigantes. Se había convencido de que todo lo que contaban sus libros era verdad, y así fue como se le ocurrió el mayor disparate que haya pensado nadie en el mundo: decidió hacerse caballero andante y echarse a los caminos en busca de aventuras.

«Me llamaré don Quijote de la Mancha», se dijo. «Batallaré contra gigantes y malandrines,[3] defenderé a los huérfanos y a las viudas y me haré famoso con mis hazañas».

De modo que un día de julio al amanecer se puso una armadura de sus bisabuelos, montó a lomos de su caballo y se escapó por la puerta trasera de su casa, decidido a probar su valentía en mil y una aventuras. Llevaba una lanza y una espada que habían criado polvo en un rincón durante muchos años, y lo primero que hizo al salir de su aldea fue pensar en su amada Dulcinea del Toboso. «Seguro que estará bordando mi nombre con hilos de oro», se dijo. Y es que, como todos los caballeros andantes amaban a una princesa, don Quijote se había buscado una dama a la que adorar y servir. Tras darle muchas vueltas al asunto, había elegido a una moza labradora del pueblo del Toboso de la que había estado enamorado en otro tiempo. Se llamaba Aldonza Lorenzo, tenía sobre el labio un lunar que parecía un bigote y podía tumbar a un puerco con una sola mano, pero don Quijote

---

2 **hacienda**: posesiones y negocios de una persona.
3 **malandrín**: 'malvado'. Es una palabra que don Quijote usa a menudo porque aparece mucho en los libros de caballerías.

le había dado el nombre principesco de Dulcinea y se la imaginaba como una dama criada entre algodones, con los cabellos rubios como el oro y con la piel más blanca que el marfil.

El día en que don Quijote salió de su aldea, el sol calentaba con tanta fuerza que faltó muy poco para que al hidalgo se le derritiesen los pocos sesos que le quedaban. Su caballo avanzaba muy despacio, porque el pobre estaba en los huesos y tenía poco aguante, aunque a don Quijote se le antojaba la bestia más recia y hermosa del mundo. Hacía pocos días que le había puesto el nombre de Rocinante, que le parecía sonoro y musical y muy apropiado para el caballo de un gran caballero.

Iba don Quijote imaginando batallas cuando de pronto se entristeció al pensar: «Según la ley de caballería, sólo podré entablar combate cuando me hayan armado caballero en una solemne ceremonia. Pero no importa», añadió: «al primero que aparezca por el camino le pediré que me arme caballero».

Sin embargo, en todo el día no se cruzó con nadie, y ni siquiera encontró un lugar donde comer, así que al caer la tarde don Quijote y su caballo iban tan cansados como muertos de hambre. Por fortuna, antes de que anocheciera asomó una venta[4] junto al camino y, al verla, don Quijote empezó a decirse:

«¡Qué castillo tan magnífico! ¡Qué torres, qué almenas, qué foso!», porque, como estaba loco de atar, todo lo que veía le parecía igual a lo que contaban sus libros. A la puerta de la venta vio a unas mujerzuelas y las tomó por delicadas princesas, y al oír que un porquero llamaba a sus cerdos pensó que era un centinela dándole la bienvenida.

---

4 **venta**: posada, casa en que los viajeros comen y se alojan.

—Señor mío —le dijo al ventero, que era un andaluz gordo y pacífico—, ¿podríais hospedarme en vuestro castillo?

Cuando el ventero vio a aquel espantajo alto como un ciprés y con una armadura tan vieja y descompuesta, estuvo a punto de echarse a reír, pero pensó que le convenía ser prudente y respondió con toda cortesía:

—Sea muy bienvenido el caballero, que en este castillo le serviremos lo mejor que sepamos.

Cenó don Quijote un bacalao mal remojado y peor cocido y un pan más duro y negro que el alma del demonio, aunque a él le pareció que estaba comiendo mejor que un príncipe. Acabada la cena, don Quijote se arrodilló ante el ventero y le dijo:

—No me levantaré de aquí, valeroso caballero, hasta que me otorguéis un don que quiero pediros.

El ventero no supo qué responder, y don Quijote siguió diciendo:

—Querría que me armaseis caballero para que pueda socorrer con mis armas a los menesterosos que hay por esos mundos.

El ventero, que era muy burlón, vio que podía divertirse un rato a costa de aquel loco, así que le siguió la corriente y dijo:

—En verdad que no hay ejercicio más honroso que la caballería andante, a la que yo mismo me dediqué en mi juventud. Fueron tantos los huérfanos a los que maltraté y las viudas a las que perverti que acabé pasando por casi todos los tribunales de España. De modo que yo sabré armaros caballero mejor que nadie en el mundo.

—Entonces decidme dónde puedo velar las armas, porque, según la ley de caballería, antes de ser armado caballero, debo pasarme toda una noche vigilando mi armadura ante un altar.

—Ahora mismo no tenemos capilla en este castillo —respondió el ventero con mucho desparpajo—, porque la hemos derribado para hacerla de nuevo, pero podéis velar las armas en el patio, que nadie os molestará.

Así que don Quijote salió al patio, se quitó la armadura, la dejó junto a un pozo y empezó a pasearse alrededor con semblante muy serio como si estuviera haciendo la cosa más importante del mundo. Con el escudo pegado al pecho, la lanza en la mano y la luz de la luna iluminándole la frente, parecía un fantasma recién salido del infierno. Los huéspedes de la venta lo miraban desde lejos y no paraban de reírse, pensando que en toda la Mancha no había un hombre más loco que aquel.

Llevaba don Quijote un buen rato de vela cuando salió al patio un arriero[5] que tenía que dar de beber a sus bestias. Y, como la armadura de don Quijote le molestaba para sacar agua del

---

5 **arriero**: el que lleva burros y otras bestias de carga de un lugar a otro.

pozo, la cogió y la tiró tan lejos como pudo, pensando que era un trasto viejo.

—Pero ¿qué hacéis, canalla? —le gritó don Quijote.

Y, sin pensarlo dos veces, alzó su lanza y le dio tal golpe al arriero en la cabeza que lo derribó al suelo y lo dejó medio muerto y con los ojos en blanco. Viendo aquello, los compañeros del herido salieron al patio hechos una furia y comenzaron a tirar piedras contra don Quijote, que se escondía tras su escudo para evitar los golpes, pero no se separaba del pozo por no dejar a solas su armadura.

—¡Venid aquí, bribones —decía—, que voy a daros lo que os merecéis!

Pero las piedras siguieron lloviendo cada vez con más fuerza, y don Quijote sólo salvó la cabeza gracias a que el ventero salió por una puerta gritando:

—¡Dejen de tirar piedras! ¿No ven que ese hombre no sabe lo que hace?

—¡Juro por la fermosa[6] Dulcinea del Toboso que castigaré esta ofensa! —clamaba don Quijote.

Cuando el ventero logró por fin apaciguar a los que tiraban las piedras, salió a toda prisa al patio y le dijo a don Quijote:

—Ya habéis velado bastante las armas. Arrodillaos, que voy a armaros caballero.

Entonces sacó el libro en el que anotaba los gastos de sus clientes y, mientras hacía como que leía una oración, golpeó a don Quijote con la espada en la nuca y los hombros, tal y como se hacía en los libros de caballerías.

---

6 Don Quijote dice *fermosa* en vez de *hermosa* imitando el lenguaje de los libros de caballerías, que utilizaban un castellano antiguo.

—Yo os nombro caballero —proclamó.

La ceremonia era un puro disparate, pero don Quijote no cabía en sí de gozo. Abrazó al ventero con entusiasmo y le dijo:

—Abridme las puertas del castillo, porque debo partir cuanto antes a ayudar a las viudas y a los huérfanos.

—Primero tendréis que pagarme la cena y la paja de vuestro caballo —respondió el ventero.

—¿Pagaros?

—¿Es que no lleváis dinero?

—Ni blanca, porque nunca he leído que los caballeros andantes lleven dinero encima.

—Los libros no lo dicen porque está claro como el agua, pero los caballeros llevan siempre dinero y camisas limpias. Y los escuderos que los acompañan cargan con vendas y pomadas por si han de curar las heridas de su señor.

—Buen consejo es ése —dijo don Quijote—, y prometo seguirlo en cuanto pueda.

Y así lo hizo: poco después del amanecer, decidió regresar a su aldea para hacerse con dinero y camisas limpias y para tomar un escudero que lo acompañara en sus aventuras. Y en eso iba pensando cuando vio venir a un grupo de hombres y se propuso aprovechar la ocasión para rendir homenaje a la hermosura de Dulcinea. De modo que se apretó el escudo contra el pecho, alzó la lanza y se detuvo en mitad del camino.

—¿Qué queréis? —le preguntaron los viajeros al acercarse, viendo que aquel hombre armado y de tan extraña figura no les dejaba pasar.

—¡Que confeséis que Dulcinea del Toboso es la doncella más fermosa del mundo! —contestó don Quijote.

Al oír aquello, los viajeros no tuvieron duda alguna de que aquel hombre estaba loco de remate. Uno de ellos, que era muy amigo de las bromas, le contestó a don Quijote en son de burla:

—Señor caballero, nosotros somos mercaderes y vamos a Murcia a comprar sedas. Jamás en la vida hemos oído hablar de esa tal Dulcinea del Toboso, así que no sabemos cómo es. Pero mostradnos un retrato suyo y, aunque sea tuerta de un ojo y le salgan espumarajos por la boca, diremos que es la doncella más hermosa del mundo.

SILVANA PETI

—¿Tuerta Dulcinea? —rugió don Quijote—. ¿Espumarajos en su boca? ¡Pagaréis esos insultos con la vida!

Y, sin decir nada más, apuntó a los mercaderes con su lanza y galopó contra ellos con intención de matarlos. Pero, a poco de echar a correr, Rocinante tropezó con una piedra, y don Quijote acabó rodando por el suelo en medio de una gran polvareda. Entonces el mercader burlón le arrebató la lanza y comenzó a apalearlo con tantas ganas que lo dejó molido como blanca harina.

—¡Bribones, malandrines! —gritaba el hidalgo.

Tras darle una buena tunda, los mercaderes se fueron y don Quijote se quedó a solas. Intentó levantarse, pero no podía, por culpa del peso de las armas y del dolor de los huesos. Y así hubiera pasado muchos días hasta morirse de hambre de no ser porque apareció por el camino un labrador de su misma aldea que le hizo la caridad de recogerlo y llevárselo a lomos de su asno.

—Pero, ¿quién os ha dejado así, señor Quijano? —le decía.

—Diez o doce gigantes altos como una torre —respondió don Quijote.

Cuando llegaron a la aldea, la casa del hidalgo andaba de lo más alborotada. Su sobrina y su criada llevaban tres días sin sa-

ber nada de él y pensaban que algo malo le había sucedido. El cura y el barbero de la aldea habían llegado a la casa preguntando por don Alonso, y la sobrina les decía muy preocupada:

—¡Mi tío se ha vuelto loco de tanto leer libros de caballerías!

—¡Con el buen juicio que tuvo siempre! —se lamentaba maese Nicolás, que así se llamaba el barbero.

En esto, se oyeron en la calle unos grandes suspiros de dolor, y todos salieron a la puerta a ver lo que pasaba.

—¡Don Alonso! —exclamó la criada cuando descubrió a su amo atravesado sobre el asno.

—Llevadme a mi cama —susurró don Quijote—, que he caído de mi caballo cuando combatía contra diez gigantes.

«¿Conque gigantes…?», se dijo el cura. «Por mi vida que mañana mismo quemaré los libros que os han vuelto loco».

Y así se hizo. Al día siguiente, aprovechando que don Quijote aún dormía, el cura y el barbero entraron en el cuarto donde guardaba sus más de cien libros y los fueron tirando al patio, donde la criada los apiló para quemarlos.

—¿Y qué pasará cuando mi tío se despierte y no encuentre los libros? —preguntó la sobrina.

A lo que el cura respondió:

—Lo mejor será tapiar la puerta de la biblioteca y decirle a vuestro tío que un encantador se ha llevado todos sus libros y hasta el cuarto en el que estaban.

La idea les pareció bien a todos, y pensaron que con aquello bastaría para devolverle la cordura a don Alonso. Así que aquella misma tarde tapiaron la puerta del cuarto mientras el humo de los malditos libros oscurecía el cielo limpio de la aldea.

Gigantes con aspas

Silvana

A los dos días de volver a su casa, don Quijote se levantó de la cama para ir a ver sus libros, pero, al no encontrar el cuarto donde los guardaba, comenzó a palpar las paredes buscando la puerta.

—Ya no hay aposento ni libros —le explicó la sobrina—, porque ha venido un encantador cabalgando sobre un dragón y se los ha llevado por los aires.

Don Quijote se quedó desolado.

—Sin duda ha sido el mago Frestón —dijo—, que me tiene aborrecido porque sabe que soy el caballero más valiente del mundo.

Quince días estuvo don Quijote en su casa, en los que cada vez que pasaba ante el muro de su biblioteca, volvía a tentar las paredes y lanzaba un hondo suspiro de tristeza. Su sobrina y la criada trataban de darle ánimos y hacían todo lo posible para que olvidara su loco deseo de ser caballero andante; pero de nada sirvieron tantos esfuerzos, pues don Quijote empezó a preparar en secreto su segunda salida. Un buen día, fue a buscar a un labrador vecino suyo, casado y con hijos, y le preguntó si quería ser su escudero.

21

—¿Y qué hace un escudero? —preguntó el campesino, que se llamaba Sancho Panza y era un hombre de poca estatura y mucha barriga, más bueno que el pan pero muy corto de entendederas.

—No tienes más que acompañarme en mis aventuras y llevar vendas y pomada para curarme si fuese necesario —respondió don Quijote—. Y, a cambio de tus servicios, te nombraré gobernador de la primera ínsula que gane.[1]

Sancho Panza no sabía lo que era una ínsula, pero la idea de ser gobernador le gustó tanto que aceptó el oficio de escudero

---

1 Los libros de caballerías llamaban **ínsulas** a las islas.

sin pensárselo dos veces. Así que a los dos o tres días, don Quijote y Sancho salieron en plena noche sin despedirse de nadie y se pusieron en camino en busca de aventuras. Don Quijote llevaba camisas limpias y algún dinero, y Sancho salió de la aldea montado en un borrico.

—Nunca he leído de ningún escudero que fuera a lomos de un asno —dijo don Quijote—. Pero no importa: en cuanto venza a un caballero, te regalaré su caballo.

—Me he traído el borrico porque no estoy acostumbrado a andar mucho —respondió Sancho—, y para mí es tan bueno como el mejor caballo del mundo, porque más vale algo que nada y ándeme yo caliente y ríase la gente. Lo que sí le digo es que se acuerde de su promesa de hacerme gobernador…

—No temas, Sancho, que es posible que antes de seis días te corone como rey.

—¿Rey? La verdad es que prefiero ser gobernador, porque, aunque me gustaría que mis hijos fueran infantes, me parece que mi mujer no vale para reina. Mejor hágala condesa, y ya será mucho… Y no lo digo porque yo no quiera a mi Teresa, que la quiero más que a las pestañas de mis ojos, pero ya se sabe que no se hizo la miel para la boca del asno…

En estas conversaciones se les hizo de día, y a la luz de la mañana descubrieron treinta o cuarenta molinos de viento que hay en el campo de Montiel.[2]

—La suerte nos acompaña, amigo Sancho —dijo don Quijote—. ¿Ves aquellos gigantes fieros de allí abajo? Pues pienso entablar batalla con ellos hasta quitarles la vida.

---

2 El **campo de Montiel** es una comarca situada entre Ciudad Real y Albacete.

—¿Qué gigantes?

—Aquellos de allí. ¿No ves lo largos que tienen los brazos?

—Eso no son gigantes —dijo Sancho—, sino molinos de viento, y lo que parecen brazos son las aspas.

—Bien se ve, amigo Sancho, que no sabes nada de aventuras, porque salta a la vista que son gigantes. Pero, si tienes miedo, apártate y ponte a rezar, que yo voy a entrar en batalla.

—¡Que no, señor, que son molinos! —comenzó a gritar Sancho, pero don Quijote ya no podía oírle, porque corría a todo galope contra los gigantes de su imaginación.

Justo entonces el viento empezó a mover las grandes aspas de los molinos, y don Quijote dijo:

—¡Menead los brazos todo lo que queráis, que no os tengo miedo! —y luego añadió mirando a los cielos—: ¡Oh señora de mi alma, fermosísima Dulcinea, ayudadme en este combate!

Llegó don Quijote al primer molino y le clavó la lanza, pero, como el viento soplaba con tanta fuerza, las aspas siguieron girando, con lo que la lanza se partió por la mitad y don Quijote y su caballo echaron a rodar por el campo.

—¡No le decía yo que eran molinos! —dijo Sancho, que llegaba corriendo a socorrer a su amo.

—Calla, amigo mío, que lo que ha pasado es que el mismo hechicero que me robó los libros ha convertido estos gigantes en molinos para verme vencido y deshonrado.

El pobre caballero apenas podía ponerse en pie, pero Sancho le ayudó a subir a lomos de Rocinante, que también tenía más de un hueso desencajado. Cuando volvieron al camino, don Quijote iba tan ladeado sobre su caballo que parecía que fuera a caerse de un momento a otro.

—Enderécese, señor —le decía Sancho—, que va de medio lado, aunque debe de ser por el dolor de la caída.

—Lo que más me duele no son los golpes, sino el destrozo de la lanza, porque un caballero sin armas es como un cielo sin estrellas. Así que si encuentras una rama gruesa a la vera del camino, dámela, Sancho, que encajaré en ella la punta de mi lanza para tenerla a punto si llega otro combate.

Aquella noche la pasaron entre unos árboles, y don Quijote arregló su lanza tal y como había dicho. Sancho durmió de un tirón hasta el amanecer, pues se había bebido más de media bota de vino mientras cenaba con lo que llevaba en sus alforjas.[3] En cambio, don Quijote no probó bocado, y se pasó toda la noche despierto, pensando en Dulcinea.

Al día siguiente, siguieron buscando aventuras, y don Quijote trabó combate con un vizcaíno porque lo confundió con un encantador que había raptado a una princesa. Y, aunque venció en la batalla, recibió un espadazo brutal en la cabeza que le rompió el casco y le rebanó media oreja. Sancho curó a su amo como mejor supo, pero don Quijote no paraba de decir que el mejor remedio era el bálsamo[4] del gigante Fierabrás.

—¿Y qué bálsamo es ése? —preguntó Sancho.

—Uno con el que no hay que tener miedo a las heridas ni a la muerte. Porque, si algún caballero me partiera el cuerpo en dos, lo único que tendrías que hacer es colocar la parte que haya caído sobre la que siga en pie antes de que la sangre cuaje, encajar con cuidado las dos mitades y darme un trago del bálsamo. Y ya

---

3 **alforjas**: pareja de bolsas que se echa sobre el lomo del caballo.
4 **bálsamo**: brebaje, jarabe.

verás como en un santiamén volveré a estar más sano que una manzana.

—Si eso es así —dijo Sancho Panza—, deme la receta, que yo venderé el bálsamo de pueblo en pueblo y me haré rico en menos que canta un gallo.

—La receta la guardo en la memoria, amigo Sancho, y lo único que siento es no tener los ingredientes a mano para preparar el bálsamo ahora mismo.

Aquella noche, cenaron en las chozas de unos cabreros, que les ofrecieron buena carne y mejor vino. En cambio, al día siguiente no les fue tan bien, porque Rocinante se empeñó en coquetear con unas jacas que no tenían ganas de amores. Los dueños de las yeguas lo apalearon con unas estacas y, cuando don Quijote y Sancho salieron a vengar la ofensa, acabaron tan malheridos como el propio Rocinante.

—¡Ah, señor don Quijote! —decía Sancho desde el suelo sin poder moverse—, ¿por qué no me da un trago del brebaje del Feo Blas?

—Se dice bálsamo de Fierabrás —respondió don Quijote con una voz doliente que parecía de mujer—, y ojalá lo tuviera a mano. Pero no tengas pena, Sancho, que antes de dos días lo prepararé y se acabarán todos nuestros males.

Al final, Sancho Panza sacó fuerzas de donde no las tenía y se puso en pie, aunque caminaba más curvado que un arco. Levantó a don Quijote, lo atravesó sobre el desventurado Rocinante y luego siguieron su camino entre suspiros de tristeza y quejas de dolor.

—Alégrese, señor —dijo Sancho al poco rato—, que por allí abajo se ve una venta.

Alzó la vista don Quijote y contestó:

—No es una venta, Sancho, sino un castillo.

—Le digo, señor, que es una venta.

—Te repito, Sancho, que es un castillo.

Así se les fue un buen rato, uno jurando que era una venta y el otro insistiendo en que era un castillo. Cuando llegaron, el ventero les improvisó un par de camas en un antiguo pajar que dejaba ver el cielo y las estrellas, porque tenía el tejado lleno de agujeros. Don Quijote se acostó pronto, pero no llegó a cerrar los ojos, porque le dio por pensar que en aquel castillo vivía una princesa, y que la princesa se había enamorado de él.

«Seguro que esta noche vendrá a verme», se decía muy preocupado. «Pero yo no puedo corresponder a su amor, porque debo mantenerme fiel a mi señora Dulcinea del Toboso».

El diablo, que nunca duerme, enredó las cosas de tal manera que la noche fue de lo más agitada. Resultó que al lado de don Quijote dormía un arriero bruto y malcarado que se había citado para aquella noche con una moza que trabajaba en la venta. La tal moza se llamaba Maritornes y era una mujer menuda, que tenía un ojo tuerto y el otro no muy sano, la nariz chata y una joroba en las espaldas que le hacía mirar al suelo más de lo que ella hubiera querido. Pensando que ya todo el mundo dormía, la moza entró de puntillas en el cuarto del arriero y comenzó a buscar su cama a tientas, pero de pronto don Quijote la agarró por el brazo y comenzó a decirle:

—Fermosísima señora, ya sé a lo que venís…

Tenía Maritornes el cabello más áspero que las crines[5] de un burro y un aliento que olía a ensalada rancia, pero a don Quijote le pareció que su cuerpo despedía aromas de rosa y jazmín y que su pelo era más fino que la seda.

—Sé que me amáis —le dijo—, pero no puedo corresponderos porque mi corazón es de Dulcinea…

Cuando el arriero oyó aquellas palabras, saltó de su cama muerto de celos, corrió hacia don Quijote y le soltó tal puñetazo en la mandíbula que le dejó toda la boca bañada en sangre. Y no contento con aquello, se subió a las costillas del hidalgo y empezó a pateárselas como si fuera un caballo al trote. La cama soportó mal que bien los tres primeros saltos, pero al cuarto no pudo aguantar más, y se vino abajo con tal estruendo que no quedó nadie despierto en la venta. Cuando el ventero oyó el golpe, abrió los ojos de par en par, se levantó de su cama hecho una furia y entró en el establo gritando:

—¿Dónde está ese mal bicho de Maritornes, que seguro que este escándalo es cosa suya?

---

5 **crines**: pelos que tienen los caballos y otros animales por detrás del cuello.

Más asustada que una liebre, Maritornes corrió a esconderse en la primera cama que encontró, que era la de Sancho. Y sucedió que, justo entonces, el pobre escudero estaba soñando con un ejército de moros y, al sentir aquel cuerpo al lado del suyo, creyó que la tropa se le venía encima y comenzó a dar puñetazos a diestro y siniestro. Maritornes, como es natural, respondió con sus buenas puñadas, de manera que los dos acabaron enzarzados en la más graciosa batalla del mundo.

Viendo a su dama tan maltratada, el arriero corrió a socorrerla, y el ventero a apalearla, con lo que empezó una pelea de todos contra todos en la que no quedó un solo hueso sano. Y, cuando los cuatro quedaron bien molidos y aporreados, cada cual bajó la cabeza, volvió a su cama sin decir esta boca es mía y se durmió como pudo con su paliza a cuestas.

—Sancho, ¿estás despierto? —comenzó entonces a decir don Quijote.

—¿Cómo quiere que esté, si aquí no hay quien duerma?

—¡Ay, Sancho, que este castillo está encantado! ¡No te vas a creer lo que me ha sucedido! Estaba yo conversando tan ricamente con una princesa cuando de pronto ha aparecido un gigante y me ha molido todos los huesos del cuerpo.

—A mí también me han aporreado —respondió Sancho.

—Entonces pídele al señor del castillo que te dé aceite, vino, sal y romero, que voy a hacer el bálsamo de Fierabrás para que sanemos en un periquete.

Salió Sancho de su cama gimiendo de dolor y volvió con una aceitera, un mortero[6] y los ingredientes del bálsamo, que don

---

6 **mortero**: cuenco de madera en el que se machacan alimentos.

Quijote machacó durante un buen rato mientras decía más de ochenta padrenuestros. Acabada la mezcla, la echó en la aceitera y se tomó un buen trago, y lo primero que sintió fue un escalofrío que le recorrió todo el cuerpo de los pies a la cabeza. Y, antes de que pudiera guiñar un ojo, comenzó a vomitar, a sudar y a tiritar como si se hallara camino de la muerte.

—Tápame bien —le dijo a Sancho mientras se metía en la cama.

A pesar de los temblores, don Quijote tardó poco en dormirse, y a las tres horas despertó como nuevo y le dijo a Sancho:

—¡Mira qué pronto he sanado gracias al bálsamo!

Viendo el milagro, Sancho decidió echarse un buen trago de la aceitera, pero el bálsamo le hizo tan mal efecto que comenzó a vomitar las entrañas y a descargar el vientre sin que le diera tiempo de salir de la cama. El pobre se pasó más de tres horas pensando que se moría, y justo cuando había pasado la borrasca y comenzaba a dormirse, don Quijote se levantó con más ánimo que nunca y dijo a voz en grito:

—¡Vístete, amigo mío, que nos vamos a buscar aventuras!

Poco le faltó al bueno de Sancho para enviar a su amo a lo más hondo del infierno, pero al fin obedeció para no faltar a su deber y se levantó como pudo. Mientras tanto, don Quijote abandonó el aposento,[7] se fue al establo en busca de Rocinante y le puso la silla de montar. Y, ya a lomos del caballo, salió al patio de la venta y le dijo al ventero con voz reposada:

—Muchas gracias, señor, por el buen trato que nos habéis dispensado en vuestro castillo.

---

7 **aposento**: cuarto.

—Antes de marcharos —contestó el ventero— tendréis que pagar el gasto que habéis hecho en mi venta.

Don Quijote se quedó de piedra.

—Entonces, ¿esto es una venta? —exclamó—. Pues en verdad os digo que pensaba que era un castillo. Pero, si es una venta, no pienso pagar, porque a los caballeros andantes se nos ha de alojar de balde por lo mucho que ayudamos a los necesitados.

—Poco me importa a mí si sois caballero o bandido: pagadme y dejaos de cuentos.

—¡Vos sois un mentecato y un mal ventero! —dijo don Quijote con gran indignación y, como no quería discutir, picó espuelas a Rocinante y salió de la venta sin comprobar siquiera si su escudero le seguía.

Entonces el ventero fue en busca de Sancho, pero Sancho le soltó que si su amo no pagaba, él tampoco.

—No temáis, señor ventero —dijeron entonces unos mozos fortachones y bromistas que se alojaban en la venta—, que nosotros le haremos pagar la cuenta a este desvergonzado…

Y lo que hicieron fue sacar a Sancho a rastras hasta el patio, echarlo en mitad de una manta y lanzarlo arriba y abajo como si fuera un muñeco.

—¡Señor don Quijote, señor don Quijote! —clamaba Sancho a voz en grito—. ¡Venga a ayudarme, que me matan!

Al oír aquello, don Quijote se detuvo y, viendo que Sancho no le seguía, volvió al galope a la venta para ayudarle. Pero el ventero había cerrado la puerta, así que don Quijote no pudo hacer otra cosa más que mirar cómo su escudero volaba como un gorrión al otro lado del muro.

—¡Gente endiablada —decía—, no lo maltratéis más!

Media hora estuvieron los mozos manteando a Sancho, que volvió a tierra firme tan mareado y confuso que apenas lograba dar un paso a derechas. La compasiva Maritornes le ofreció un jarro de agua, pero Sancho pidió un trago de vino, y lo pagó con su propio dinero. Y, en cuanto se lo acabó, salió de la venta a lomos de su asno tan aprisa como pudo. El bálsamo y el manteo lo habían dejado lastimado y dolorido, pero, cuando ya alcanzaba a don Quijote, echó la vista atrás y dijo con cierta alegría:

—¡Qué demonios, al menos no he pagado!

El yelmo del barbero y
la aventura de los galeotes

«¡Malditas aventuras que no son más que desventuras!», se decía
Sancho cuando llegó junto a su amo. Llevaba muchos días reci-
biendo palos y más palos sin que la ínsula de sus sueños asoma-
se por ninguna parte, y tenía más ganas de volver a su aldea que
de ser gobernador. Sin embargo, decidió seguir adelante, y fue
como tirar por el camino de la desgracia, pues aquella misma
mañana don Quijote confundió a un rebaño de ovejas con el
ejército de un emperador moro que se llamaba Alifanfarón y
odiaba a los cristianos.

—¿Pero no ve que es un rebaño? —le decía Sancho—. ¿Acaso
no oye los balidos?

—Eso no son balidos —respondió don Quijote—, sino tambores y trompetas que suenan en son de guerra.

Decidido a castigar a las tropas del soberbio Alifanfarón, don
Quijote arremetió con su lanza contra las ovejas hasta que mató
a más de siete y malhirió a otras tantas. Viendo que aquel loco
no iba a dejarles un solo animal con vida, los dueños del rebaño
empezaron a apedrear a don Quijote para que se marchase, y

guijarro a guijarro, le machacaron los dedos, le hundieron dos costillas y le rompieron tres o cuatro dientes.

—Dame el bálsamo, Sancho —dijo don Quijote cuando acabó la granizada—, que ahora lo necesito más que nunca.

Sancho le acercó la aceitera, y su amo se bebió de un solo trago todo lo que quedaba en ella.

—Ahora mírame bien la boca —añadió don Quijote— y dime cuántos dientes me quedan, porque creo que he escupido lo menos dos.

Sancho le metió los ojos hasta la mismísima garganta, y justo entonces el bálsamo hizo su efecto: don Quijote no logró aguantarse las ganas de vomitar, y soltó desde el estómago una perdigonada de aceite que le dejó a Sancho las barbas perdidas. Al ver aquello, el pobre escudero sintió tanto asco que también él se puso a vomitar sobre su señor, con lo que quedaron los dos como de perlas.

—Dime lo que has visto, Sancho —dijo don Quijote.

—Que no le queda un solo diente.

—¿Estás seguro?

—Le digo que le han dejado las encías más lisas que la palma de mi mano.

—¡Desventurado de mí! —exclamó don Quijote—. Mejor hubiera perdido un brazo, porque un diente vale más que un diamante y una boca sin muelas es la peor cosa del mundo.

Aquella jornada, los sorprendió la noche en lo más espeso de un bosque, adonde habían entrado buscando agua para beber y asearse. Y ya sonaba el rumor de una cascada cuando empezaron a oír un gran estruendo que dejó a Sancho temblando de miedo.

—¿Qué es eso, señor? —dijo el pobre escudero con los ojos abiertos de par en par como una liebre asustada. *una liebre = a hare*

Sonaban los golpes a compás, como si estuvieran martilleando en un gran hierro, y no parecía sino que un gigante estuviese dando saltos con una cadena a cuestas.

—Tú quédate aquí, Sancho, que yo voy a averiguar quién es el malandrín que arma tanto escándalo —anunció don Quijote—. Y si en tres días no he vuelto, vete al Toboso y dile a mi señora Dulcinea que he muerto batallando en su honor.

—¿Pero es que me va a dejar solo? —replicó Sancho echándose a llorar como un niño—. Déjese de aventuras, señor, y vámonos de aquí ahora mismo, que a veces se va por lana y se vuelve trasquilado.

—No quiero lágrimas, Sancho, porque ya sabes cuál es mi deber. *ablandarse (soften)*

Viendo que don Quijote no se ablandaba, el escudero decidió valerse de su ingenio para no quedarse solo, y aprovechando un *mistake —* despiste de su amo, se sacó el cinturón y le ató las patas a Rocinante. De manera que, cuando don Quijote quiso marchar, no pudo hacerlo, porque el caballo no podía moverse sino a saltos.

—Eso es que Dios se ha conmovido con mis lágrimas —dijo Sancho Panza— y ha ordenado que Rocinante no se mueva hasta que llegue el día.

—Dices bien, Sancho, así que me quedaré contigo hasta que amanezca, pues el buen cristiano debe obedecer a Dios.

Durante la noche, los golpes no cesaron y, por culpa del miedo o de algo que había comido, a Sancho se le revolvió el vientre, por lo que tuvo que descargarlo. Pero, como no se atrevía a apartarse ni un pelo de su señor, se bajó los calzones allí mismo e hizo con el menor ruido posible lo que nadie podía hacer por él. Don Quijote, que era de olfato fino, notó en las narices los vapores que soltaba su escudero, y protestó indignado:

—Apártate, Sancho, que hueles mucho, y no a rosas. Apártate, te digo, y, de ahora en adelante, tenme más respeto y no te alivies tan cerca de mí.

Así pasaron la noche, y cuando el primer rayo de sol alumbró el cielo, Sancho Panza desató en silencio las patas de Rocinante, que empezó a dar manotadas nada más verse libre. Entonces don Quijote dijo:

—¡Ya es la hora de batallar!

Y echó a correr con su caballo hacia el lugar de donde venía el ruido. Con tal de no quedarse solo, Sancho decidió seguir a su señor y, tras caminar un buen rato bajo los árboles, llegó con él al pie de la cascada, donde había seis mazos de batán que eran los que daban los golpes.[1] Al ver aquello, Sancho cambió de pronto el miedo por la risa y le dijo a su señor en plena carcajada:

—¿Esos eran los gigantes que iba a matar vuestra merced?

Don Quijote agachó la cabeza de pura vergüenza, y se irritó tanto con las risotadas de Sancho que levantó la lanza y le asentó dos buenos palos en las espaldas.

—¡Cierra esa boca, Sancho! —dijo—. ¡Si hubieran sido seis gigantes no te burlarías tanto!

Y con eso salieron del bosque y volvieron al camino.

Al poco rato, comenzó a llover, y entonces vieron que se acercaba a lomos de un asno un hombre que llevaba algo brillante en la cabeza.

---

1 **batán**: máquina con unos gruesos mazos de madera movidos por una corriente de agua, que se empleaba para tratar las pieles y las telas de lana.

—¡Aventura tenemos, Sancho! —dijo don Quijote—. Porque aquel caballero que viene por allí trae en la cabeza el yelmo de Mambrino, con el que podré sustituir el casco que me rompió aquel escudero de Vizcaya.

Hacía mucho tiempo que don Quijote soñaba con conquistar el yelmo del moro Mambrino, un casco maravilloso del que los libros decían que volvía invencible a quien lo usaba. Pero el hombre que venía por el camino no era más que un barbero, y lo que llevaba en la cabeza era la bacía con que afeitaba a sus clientes.[2] Se la había puesto en la cabeza para no mojarse el sombrero con la lluvia, y, como la bacía era de hojalata y estaba muy limpia, relumbraba desde muy lejos como si fuese de oro.

—Abre bien los ojos, Sancho —dijo don Quijote—, porque ahora mismo me verás conquistar el yelmo de Mambrino.

Y, sin decir nada más, galopó contra el barbero dispuesto a atravesarlo con su lanza.

—¡Entrégame ese yelmo o morirás! —le decía.

El barbero, que, sin comerlo ni beberlo, vio a aquel fantasma cayéndole encima, saltó de su burro y echó a correr por el campo más ligero que el viento. En la huida, perdió la bacía, que don Quijote recogió del suelo para ponérsela en la cabeza. Y, como le costaba encajársela, dijo:

—Sin duda que el rey moro que mandó que le hicieran este yelmo debía de tener una cabeza enorme.

Al oír que don Quijote llamaba yelmo a la bacía, Sancho no pudo aguantarse la risa.

—¿De qué te ríes, Sancho?

---

2 **bacía**: especie de plato hondo con una muesca en un lado. Se llenaba de agua con jabón y se colocaba bajo las barbas durante el afeitado.

—De lo mucho que se parece ese yelmo a una bacía.

—Eso es porque algún ignorante, no sabiendo el tesoro que tenía entre manos, lo ha transformado en bacía, pero yo llevaré este yelmo a un herrero y me lo arreglará. Y, mientras tanto, me lo dejaré puesto, y me librará la cabeza de más de una pedrada.

En esto, Sancho se fijó en el burro del barbero y, viendo que llevaba una buena albarda,[3] le preguntó a su amo si podía quedársela, a lo que respondió don Quijote:

—Sobre las albardas del enemigo las leyes de la caballería no dicen nada, pero quédate con esa si es tu gusto.

Así que Sancho tomó la albarda y se la puso a su borrico, que quedó de lo más lindo. Y, cuando volvieron al camino, le dijo a su amo:

—¿Sabe qué he pensado hace un momento, cuando lo veía luchar contra el del yelmo de Martino?

—*Mambrino*, Sancho, se dice *Mambrino*.

---

3 **albarda:** especie de almohadón que se coloca sobre el lomo de un animal para ponerle una carga encima.

—Martino o Mambrino, lo que he pensado es que tiene vuestra merced la peor figura del mundo, por lo que muy bien podría llamarse el Caballero de la Triste Figura.

—El Caballero de la Triste Figura… —dijo don Quijote paladeando las palabras—. Me parece bien, Sancho, de modo que a partir de ahora me llamaré así, como otros se han llamado el Caballero del Unicornio o el Caballero de la Ardiente Espada.

Nada más decir aquello, don Quijote alzó los ojos y vio que por el camino venía una docena de hombres en hilera, atados todos a una misma cadena de hierro. Llevaban esposas en las muñecas y candados en los pies y caminaban vigilados por cuatro guardas: dos a caballo, armados con escopetas, y dos a pie, que llevaban lanzas y espadas.

—Esos que vienen por ahí —dijo Sancho— son presos que van condenados a remar en las galeras del Rey.[4]

—¿Quieres decir que los llevan contra su voluntad?

—Así es.

—Entonces mi deber de caballero es socorrerlos y ponerlos en libertad.

—No haga eso, señor —advirtió Sancho—, que esos hombres son delincuentes castigados por la justicia.

Don Quijote se acercó a los prisioneros y les preguntó uno por uno qué delito habían cometido, y todos respondieron lo mismo: que los enviaban a galeras de forma injusta. En esto, el galeote que iba al final de la hilera le gritó a don Quijote:

—¡Deje de meterse en lo que no le importa!

---

4 **galeras**: grandes barcos de guerra impulsados por remos. A los delincuentes que eran condenados a remar en las galeras se los llamaba **galeotes**.

Era un hombre de unos treinta años, de buena estampa pero algo bizco. Él solo llevaba más cadenas que todos los demás juntos, y era porque tenía más delitos que ninguno, y los guardas temían que se escapase.

—Ese bellaco —dijo el comisario que iba a la cabeza de los galeotes— es el famoso Ginés de Pasamonte, que ya ha pasado cuatro años en galeras y morirá remando.

—Si quiere saber mi vida —le advirtió el tal Ginés a don Quijote—, léala cuando la publique.

—¿Acaso eres escritor?

—Sí soy, y uno de los mejores del reino. He escrito las verdades de mi vida con tanta gracia que no hay mentiras que maravillen tanto.

Don Quijote se quedó callado, pensando en todo lo que le habían contado los galeotes, y luego se acercó al jefe de los guardas y le dijo:

—Señor comisario, libere a estos infelices, pues van a galeras contra su voluntad.

—¿Que los libere?

—Sí, porque no hay que convertir en esclavos a los hombres que Dios hizo libres.

—¡Menuda majadería! —replicó el comisario—. ¿Cómo voy a soltar a estos criminales? Vamos, señor, póngase bien el orinal que lleva en la cabeza y siga su camino, que no tenemos tiempo para escuchar disparates. − nonsense

Al oír aquello, don Quijote enrojeció de rabia y exclamó:

—¡Maldito bellaco! ¿Cómo te atreves a insultarme?

Y al instante cargó contra el comisario y lo derribó del caballo con un golpe de lanza.

Viendo aquello, los demás guardas empuñaron sus espadas y arremetieron contra don Quijote; pero, al advertir que los galeotes trataban de romper sus cadenas para ponerse en fuga, no supieron adónde acudir: si contra los prisioneros o contra el loco de la bacía.

Sancho, pensando que su deber era acabar lo que había empezado su amo, ayudó a liberarse a Ginés de Pasamonte, quien luego rompió las cadenas de sus compañeros, cogió la escopeta del comisario y amenazó a los guardas diciéndoles:

—¡Marchaos ahora mismo o no lo contaréis!

Temiendo por su vida, los guardas echaron a correr por mitad del campo hasta perderse de vista, y entonces los galeotes desnudaron al comisario para quedarse con sus ropas. Sancho lo miraba todo con tristeza, diciéndose a sí mismo: «Ahora los guardas avisarán a la Santa Hermandad[5] y mi señor y yo acabaremos en la horca por haber soltado a estos criminales». Don Quijote, en cambio, estaba de lo más satisfecho.

—Para agradecerme la libertad que os he dado —les dijo a los galeotes—, quiero que vayáis al Toboso y le contéis a mi señora Dulcinea lo que don Quijote ha hecho por vosotros.

—Eso no puede ser —contestó Ginés de Pasamonte—, porque si fuéramos todos juntos, la Santa Hermandad no tardaría en encontrarnos. Si queréis, podemos rezarle a vuestra señora un par de oraciones, pero lo de pedirnos que vayamos al Toboso es pedirle peras al olmo.

—¡Hijo de la gran puta! —bramó don Quijote—, ¿así me agradeces lo que he hecho por ti?

---

5 La **Santa Hermandad** era la policía que vigilaba los caminos.

Al oír aquello, Pasamonte, que no aguantaba insultos de nadie, les guiñó el ojo bizco a sus compañeros, que nada más ver la señal empezaron a coger piedras del suelo y a tirarlas contra don Quijote. Sancho se refugió de la pedrisca detrás de su asno, y don Quijote intentó protegerse con el escudo, pero aun así recibió tantas pedradas que cayó con Rocinante al suelo. Un galeote le robó la chaquetilla que llevaba, otro le quitó la bacía e intentó hacerla pedazos contra el suelo, y los demás corrieron hacia Sancho y le quitaron la ropa hasta dejarlo en camisa.

Cuando los galeotes se hubieron ido, Sancho comenzó a lamentarse diciendo:

—¡Y lo peor es que la Santa Hermandad vendrá por nosotros para ahorcarnos!

—¡Ay, Sancho —suspiró don Quijote llevándose las manos a la cabeza—, si te hubiera hecho caso, no nos habría pasado todo esto!

—¡A ver si así escarmienta! Y ahora corra si no quiere acabar en la cárcel, que la Santa Hermandad no se anda con chiquitas.

—Eres hombre cobarde, Sancho, pero esta vez seguiré tu consejo por complacerte y nos esconderemos como dices.

Así que Sancho levantó a su amo y a Rocinante, ayudó a don Quijote a montar, subió a lomos de su borrico y luego los dirigió a todos hacia las ásperas montañas de Sierra Morena, pensando en pasar allí unos cuantos días hasta que la Santa Hermandad se olvidase de ellos.

áspera|o
= rough, harsh, rugged

Don Azote en Sierra Morena

Aunque iba molido por las pedradas, don Quijote entró en Sierra Morena con el corazón alegre, pues pensó que entre aquellas montañas le esperaban más aventuras que en ninguna otra parte. Al verse lejos de los caminos y de los malnacidos galeotes, Sancho sacó de sus alforjas un mendrugo de pan y un trozo de queso, y agradeció a Dios que Ginés y sus compinches no le hubiesen quitado la comida además de la ropa. Pero, justo cuando empezaba a llenar la panza, don Quijote descubrió entre unos arbustos una maleta medio podrida y le pidió a Sancho que la abriese. El buen escudero obedeció tan rápido como pudo, y sacó de la maleta cuatro camisas de hilo fino, un librillo de memoria muy bien encuadernado y un pañuelo con más de cien escudos de oro.[1]

—Acércame el libro, Sancho —dijo don Quijote—, y quédate con el dinero, porque te lo mereces más que nadie en el mundo.

Al oír aquello, Sancho se alegró tanto que se puso de rodillas ante su señor y le besó las manos más de veinte veces.

---

1 **librillo de memoria**: diario, cuaderno de apuntes; **escudo**: moneda antigua.

—¡Por fin una aventura de provecho! —decía—. ¡Ahora sí que doy por bien empleados todos los palos y pedradas que he recibido!

Mientras Sancho enloquecía de felicidad, don Quijote se puso a hojear el librillo de memoria, y, como vio que estaba lleno de poemas de amor, decidió quedárselo, porque siempre había sido muy aficionado a los versos. Sancho le pidió que le leyese algún poema, a lo que don Quijote respondió recitando con mucho sentimiento un hermoso soneto sobre las crueldades del amor. Acabado el poema, los dos andantes siguieron su camino peñas arriba, y así fue como al poco rato llegaron a un verde prado lleno de flores por donde corría un manso arroyuelo.

—¿Sabes qué he decidido, Sancho? —dijo entonces don Quijote—. Que voy a quedarme unos días entre estas ásperas montañas haciendo penitencia.[2] Porque debes saber que todos los caballeros andantes, cuando eran traicionados por su dama, se retiraban a la soledad del monte para llorar y dar tumbos y rasgarse la ropa como si hubieran perdido el juicio.

—¿Queréis decir que Dulcinea se ha encariñado con otro y ya no os quiere?

—Claro que no, Sancho, pero en eso está el punto. Porque, ¿qué gracia tiene volverse loco cuando a uno le dan motivos? El toque está en desatinar sin razón alguna para que Dulcinea piense: «si mi don Quijote hace esto en seco, ¿qué no haría en mojado?».[3]

—¿Y qué hago yo mientras vuestra merced llora y suspira?

---

2 **hacer penitencia**: maltratarse el cuerpo para purificarse el alma.
3 Es decir, '¿qué sería capaz de hacer si tuviera motivo?'

—Irás al Toboso y le llevarás una carta a Dulcinea. Y yo te pagaré el favor escribiéndole a mi sobrina para que te regale tres pollinos[4] muy buenos que tengo en mi establo.

—Me parece bien —dijo Sancho.

—Como no tengo papel, voy a escribir las cartas en este librillo que nos hemos encontrado, pero antes de llegar al Toboso acuérdate de buscar a un maestro de escuela para que te copie la carta de Dulcinea en un papel más apropiado.

—Pero entonces ella se dará cuenta de que la letra no es suya...

—Eso no importa, Sancho, porque Dulcinea no sabe leer ni escribir, ni jamás ha visto mi letra, pues nuestros amores han sido platónicos.[5]

—¿Quiere decir que nunca ha hablado con ella?

—Ni le he hablado ni la he visto más de tres veces en toda mi vida, porque su padre, Lorenzo Corchuelo, apenas la deja salir de casa, por miedo de que vuelva loco de amor al primer hombre que se cruce con ella.

—¿Me está diciendo que Dulcinea del Toboso es Aldonza Lorenzo, la hija de Lorenzo Corchuelo?

—Esa misma —respondió don Quijote—, y es tan hermosa y delicada que merece ser la reina de todo el universo.

—¡Yo la conozco de sobras, y sé que es una moza hecha y derecha y de pelo en pecho! Da unas voces que dejan sordo y levanta un saco de patatas en menos que canta un gallo. ¡Y yo que pensaba que la señora Dulcinea era una princesa...!

---

4 **pollino**: asno de poca edad.
5 **amor platónico**: el que mantienen dos personas que se limitan a mirarse o hablarse, sin hacerse caricias ni darse besos.

—Cuida lo que dices, Sancho, que para mí Dulcinea vale tanto como la más alta princesa de la tierra. Y poco me importa que no sea de alto linaje, porque yo la pinto en mi imaginación como deseo.

—¡Y hace muy bien! —concluyó Sancho—. Pero no hablemos más y póngase a escribir.

Don Quijote se apartó un poco para redactar las cartas a solas, y luego le dijo a Sancho que iba a leerle la de Dulcinea por si perdía el librillo durante el viaje.

—No vale la pena, señor, porque tengo tan mala memoria que a veces me olvido hasta de cómo me llamo. Pero, de todas formas, léamela, que me gustará oírla.

Don Quijote leyó la carta, y a Sancho le pareció que era lo más sentido que había oído en todos los días de su vida.

—¡Cómo escribe vuestra merced! —dijo—. ¡Si sabe más que el diablo! Pero ahora escríbale a su sobrina por lo de los pollinos.

En cuanto don Quijote acabó la segunda carta, Sancho montó en su borrico para ponerse enseguida en camino, pero su amo le dijo que aguardase un momento:

—Espera, Sancho, que voy a darme unos cuantos cabezazos contra esas peñas para que puedas contarle a Dulcinea las locuras que hago por ella.

—No es necesario, señor, que yo le diré que se ha dado mil cabezazos contra una roca más dura que el diamante.

—Entonces espera al menos a que haga dos docenas de locuras.

—Le digo que no se moleste, señor.

Pero don Quijote no le hizo caso, sino que se quitó los calzones a toda prisa y comenzó a dar volteretas desnudo de cintura para abajo, enseñando cosas que Sancho habría preferido no ver. «¡Bien puedo jurar que mi amo está loco!», se dijo el buen escudero, y con ese pensamiento se puso en camino.

Aquella noche durmió Sancho al raso, y al día siguiente pasó ante la venta donde lo habían manteado y se detuvo a la puerta diciéndose: «¿Entro o no entro?». Estaba muerto de hambre y quería probar un plato caliente porque llevaba muchos días comiendo fiambre, pero no se atrevía a entrar por no revivir los malos recuerdos del manteo. Y en esa duda estaba cuando salieron de la venta dos hombres y dijeron a un tiempo:

—Pero ¿aquel no es Sancho Panza?

Lo habían reconocido con tanta facilidad porque aquellos dos hombres eran el cura y el barbero de la aldea, los mismos que le habían quemado los libros a don Quijote. Al verlos venir, Sancho estuvo a punto de ponerse en fuga para no tener que contestar preguntas incómodas, pero al fin decidió quedarse por no levantar sospechas.

—¿Dónde está vuestro amo, Sancho Panza? —le dijo el cura al acercarse.

—Es un secreto, y no pienso decirlo.

—Entonces pensaremos que lo habéis matado —le avisó el barbero—, pues salisteis de la aldea con él y ahora vais solo.

—Yo no soy hombre que mate a nadie —protestó Sancho—. Don Quijote está haciendo penitencia en el monte muy a su sabor, y yo voy al Toboso a llevarle una carta a Dulcinea, de la que mi amo está enamorado hasta los hígados.

—Entonces dejadnos ver la carta y os creeremos.

Sancho se metió la mano en el pecho para buscar el librillo, pero por más que se palpó no dio con él, pues don Quijote se lo había quedado sin darse cuenta.

—¡Ay! —gritó Sancho más pálido que un muerto, y empezó a arrancarse las barbas y a aporrearse las narices, de tan disgustado como estaba.

—Pero ¿qué os pasa? —le preguntó maese Nicolás, muy alarmado.

—Que he perdido tres pollinos como tres castillos, porque no encuentro las cartas de mi señor.

—Pero seguro que las recordaréis —le advirtió el cura—, así que no tenéis más que dictármelas para que las copie.

—Sí que las recuerdo, sí. La de Dulcinea decía…

En su carta, don Quijote llamaba a Dulcinea «alta y soberana señora», le contaba que tenía el corazón herido de amor, le juraba que se pasaba las noches pensando en ella y se despedía diciéndole: «Besa vuestros pies, El Caballero de la Triste Figura». Sancho se pasó un buen rato tratando de hacer memoria de todo aquello, pero, por más que se rascaba la cabeza y miraba

roer = gnaw

unas veces al suelo y otras al cielo, no recordaba una sola palabra. Hasta que al fin, después de haberse roído la mitad de la yema de un dedo, dijo con satisfacción:

—¡Ya me acuerdo! La carta de Dulcinea decía: «Alta y sombreada señora, estoy muy mal del corazón y no puedo dormir porque me paso toda la noche besuqueándoos los pies».

El cura tuvo que esforzarse mucho para no reírse.

—¡Qué buena memoria! —dijo—. Enseguida buscaré papel y copiaré esas delicadas palabras. Pero ahora entrad con nosotros a la venta, que ya es hora de comer.

—Mejor sáquenme algo caliente —dijo Sancho—, porque prefiero no entrar.

El cura y el barbero no entendieron qué podía tener Sancho contra aquella venta, pero no quisieron preguntar más, sino que le sacaron un plato caliente y luego se entraron a comer. Durante el almuerzo, el cura estuvo pensando de qué modo podían devolver a don Quijote a la aldea, y al final le dijo al barbero:

—Lo mejor que podemos hacer es que yo me haga pasar por una princesa menesterosa[6] y vos por mi escudero, y que le pidamos a don Quijote que nos acompañe a nuestro reino para matar a un gigante que no nos deja vivir.

Como al barbero le pareció buena idea, le pidieron a la ventera unas prendas con las que disfrazarse. El cura se puso un manto y una falda, y maese Nicolás se tapó media cara con una cola de buey que hacía las veces de barba. Pero, al salir de la venta, el cura pensó que no era decente que un hombre de iglesia fuese por los caminos vestido de mujer, así que le dijo al barbero:

---

6 **menesterosa**: necesitada de ayuda.

—Dadme esas barbas, que yo haré de escudero y vos de doncella.

Estaban cambiándose las ropas cuando de pronto apareció Sancho, que estuvo a punto de morirse de risa al verlos.

—¿Adónde van vestidos de carnaval? —les dijo.

—A ayudar a vuestro amo.

—Mi amo no necesita ayuda, porque de aquí a dos días será emperador, y a mí me hará gobernador de una ínsula.

—Para que vuestro amo sea emperador —dijo el barbero—, hay que sacarlo de su penitencia, o perderá la vida antes de que pueda ganar su primer reino.

Entonces el cura le explicó a Sancho el plan que tenían.

—Debéis llevarnos hasta don Quijote —le dijo—, y no nos descubráis, o jamás seréis gobernador.

—Pero yo tengo que llevarle la carta a Dulcinea…

—¿Qué necesidad tenéis de ir al Toboso? Basta con que le digáis a don Quijote que habéis encontrado a Dulcinea con muy buena salud y con muchas ganas de verle.

Tanto le insistieron, que Sancho Panza acabó por ceder y dar media vuelta. Y así fue como al día siguiente entraron en Sierra Morena, en una de las jornadas más calurosas del mes de agosto. Al llegar a un bosquecillo, Sancho les dijo al cura y al barbero:

—Quédense aquí vuestras mercedes, que yo me adelanto para avisar a don Quijote de que se vaya vistiendo.

Al cura y al barbero les pareció bien, así que se sentaron a descansar a la sombra de unos árboles mientras Sancho iba en busca de su señor.

—¡Si será mala la locura de don Quijote —dijo el cura— que se le ha contagiado a Sancho en un visto y no visto!

—Así es —respondió el barbero—, y lo peor es que…

Iba a añadir algo cuando de pronto empezó a oírse una voz dulcísima que cantaba con honda tristeza. Llenos de curiosidad, el cura y maese Nicolás se asomaron por entre unos arbustos, y así descubrieron que el que cantaba era un joven labrador. Se había metido en un arroyo para refrescarse los pies, que eran de una finura deslumbrante: más blancos que la nieve y tan delicados como si sólo hubieran caminado sobre alfombras de flores. Pero lo que más asombró al cura y al barbero fue que el muchacho, creyéndose a solas, se quitó de pronto el gorro que llevaba y dejó caer sobre sus hombros una melena larga y tan rubia que parecía de oro puro.

—¡Pero si es una mujer! —susurró el cura.

—¡Y la más hermosa del mundo! —exclamó el barbero.

Como lo dijo más alto de lo que debía, la muchacha alcanzó a oírlo, y se asustó tanto al notar que la espiaban que salió a toda prisa del arroyo y echó a correr como alma que lleva el diablo.

—Deteneos, señora —dijo el cura—, que no queremos haceros daño, sino serviros como buenos cristianos.

La muchacha no le hizo caso, pero su carrera terminó muy pronto, porque, como sus pies eran tan delicados, no pudo sufrir la aspereza de las piedras, y acabó cayendo al suelo. Y allí se quedó, pensativa, sin decir nada y con gesto muy triste. El cura y el barbero se le acercaron, y trataron de animarla lo mejor que supieron, pero la muchacha siguió muda por un buen rato como si hubiese perdido la lengua hasta que los dos hombres se ganaron por fin su confianza y ella aceptó contarles su historia.

—Me llamo Dorotea —dijo— y voy buscando a un hombre al que quiero más que a mi propia vida. Su nombre es don Fernando, y es un joven rico y de alto linaje. Yo le entregué mi cuerpo y mi alma porque me dio palabra de matrimonio, pero hace algunas semanas se marchó de su casa sin despedirse de mí y ya no he vuelto a saber nada de él. Así que voy buscándolo por los caminos para hablarle, porque mi corazón no descansará hasta que sepa las razones por las que don Fernando me ha desdeñado. Y el motivo por el que voy vestida de hombre es para evitar los peligros que corremos las mujeres cuando viajamos solas.

El cura y el barbero se comprometieron a ayudar a Dorotea en su búsqueda, y ella les agradeció la ayuda con dulces palabras.

—Pero, díganme, ¿y vuestras mercedes qué hacen en la sierra? —preguntó la muchacha.

Y así fue como supo de la locura de don Quijote y de la artimaña[7] con que el cura y el barbero querían devolverlo a su casa.

—Yo os ayudaré —dijo Dorotea—: me pondré mis ropas de mujer y haré de princesa con mucha propiedad, porque he leído más de una docena de libros de caballerías y conozco muy bien su estilo y las costumbres de las princesas.

De modo que, cuando Sancho volvió, se encontró frente a frente con la mujer más bella que había visto en su vida. Dorotea se había puesto un manto precioso que redoblaba su hermosura y llevaba un collar de esmeraldas que parecía digno del cuello de una reina.

—¿Quién es esta fermosa doncella? —preguntó.

—Es la princesa Micomicona —le respondió el cura—, que busca a don Quijote para pedirle que la vengue de un gigante y promete pagarle el favor con muchas riquezas.

---

7 **artimaña**: maniobra astuta que se hace para conseguir algo.

—¡Dichoso hallazgo! —exclamó Sancho Panza—. ¡Ya verá qué pronto mata mi señor a ese hideputa de gigante!

Cuando llegaron por fin junto a don Quijote, lo encontraron más flaco y amarillo que nunca, porque llevaba tres días pegando brincos y dándose cabezadas contra los árboles sin comer otra cosa más que hierbas. Dorotea se le acercó en compañía del barbero de las falsas barbas y se arrodilló diciendo:

—¡Oh valeroso caballero!, no me levantaré de aquí fasta que me otorguéis un don que quiero pediros.

—Yo vos lo concedo siempre que no haga daño a mi patria ni a mi señora Dulcinea del Toboso —respondió don Quijote.

—Señor mío, yo soy la princesa Micomicona, y he venido desde el lejano reino de Micomicón para pediros que matéis al gigante Pandafilando, que quiere quitarme el trono. Mi padre, que es un mago muy sabio, me dijo que en España encontraría al caballero más valeroso del mundo, que se llama don Azote o don Cogote…

—Don Quijote, señora, don Quijote —corrigió Sancho.

—Mi padre también me dijo que podría reconocer al caballero que buscaba porque tiene un lunar pardo con dos pelos muy negros debajo del hombro izquierdo…

—Sancho, hijo —dijo entonces don Quijote—, ayúdame a quitarme la camisa, que quiero ver si soy yo ese caballero.

—No hace falta, señor —respondió Sancho—, que yo he visto que vuestra merced tiene en la espalda un lunar con dos pelos más gruesos que las cerdas de un cepillo.

—Entonces pongámonos en camino, señor don Quijote —dijo Dorotea—, pero con la condición de que no os entrometáis en ninguna otra aventura fasta que me venguéis de Pandafilan-

do. Y, si salís victorioso, me casaré con vuestra merced para haceros rey, y así podréis nombrar a Sancho gobernador de una de mis ínsulas.

—¡Viva la princesa Micomicona! —dijo Sancho, loco de felicidad, y corrió a besar las manos de Dorotea.

En cambio, don Quijote respondió con rostro serio:

—Señora mía, lo de casarme con Su Alteza es imposible, porque mi corazón es de Dulcinea del Toboso.

Sancho no podía creerse lo que estaba oyendo.

—Pero, ¿es que va a dejar plantada a una princesa para irse con la hija de Lorenzo Corchuelo? —exclamó—. ¡Así jamás seré gobernador! Pero ¿no ve que Aldonza Lorenzo no le llega a doña Micomicona ni a la suela del zapato?

Al oír aquello, don Quijote se irritó tanto que levantó la lanza sobre Sancho y le soltó dos buenos palos en las espaldas.

—¡Villano, majadero! —gritó—. ¡Retira lo que has dicho de Dulcinea o te quedarás sin la ínsula que he ganado para ti!

—Lo retiro, señor —dijo Sancho poniéndose de rodillas—, y perdóneme, pero es que yo no sé callarme cuando una cosa me viene a la punta de la lengua…

—Ya lo sé, Sancho, y perdóname tú también, pues no logro reprimirme cuando alguien habla mal de la señora de mi alma.

Satisfechos los dos, el grupo se puso en camino y, nada más salir de Sierra Morena, se les unió el cura, que fingió que pasaba por allí por pura casualidad. Aquella tarde, el barbero cayó por accidente de su caballo y perdió de golpe sus barbas postizas, con lo que estuvo a punto de dar al traste con la artimaña del cura. Don Quijote lo vio todo, pero le dio una explicación acorde a lo que había leído en sus queridos libros:

—¡Si serán malvados los encantadores que me persiguen —exclamó— que le han quitado a este hombre las barbas como quien no quiere la cosa, tan sólo para advertirme de que no vaya al reino de Micomicón! Pero esos avisos no van a asustarme, porque, cuando los caballeros como yo tenemos un deber que cumplir, no hay encantador en el mundo que pueda ponernos miedo.

Mientras don Quijote pensaba en voz alta, el cura se acercó al barbero y volvió a pegarle las barbas con mucho disimulo, después de lo cual dijo unas palabras mágicas que, según él, servían para devolverle las barbas al que las había perdido.

—Entonces tendréis que enseñarme ese conjuro —dijo don Quijote, muy admirado—, porque, si vale para pegar barbas, también servirá para cerrar las heridas que los caballeros recibimos de continuo en nuestras batallas.

En eso llegaron junto a una fuente, donde se detuvieron a almorzar y, cuando volvieron al camino, don Quijote se apartó del resto junto a Sancho y le preguntó qué había dicho Dulcinea al recibir la carta.

—A decir verdad —respondió el escudero—, no llegué a entregarle vuestra carta...

—Ya lo sé, Sancho, porque el librillo me lo quedé yo sin darme cuenta. Pero seguro que se la dictaste de memoria a algún maestro.

—Se la dije a un sacristán, y la copió al pie de la letra.

—Y dime, Sancho, ¿qué hacía la reina de la hermosura cuando la viste? Sin duda estaría ensartando perlas o bordando unas sedas con hilo de oro…

—Cuando yo llegué estaba cubriendo de sal unos lomos de puerco.

—Pero seguro que al acercarte a ella sentiste un delicioso aroma de rosas…

—Lo que noté fue un olorcillo algo hombruno, pero sería que estaba sudada de tanto traer y llevar los puercos.

—No sería eso, Sancho, sino que tú estarías algo acatarrado, o que te oliste a ti mismo, porque mi Dulcinea huele mejor que los lirios del campo. Pero, ¿sabes qué es lo que más me maravilla, Sancho? Que sólo has tardado tres días en ir al Toboso y volver. Seguro que fuiste y viniste por los aires, ayudado por algún hechicero que me aprecia.

—Eso sería, señor —respondió Sancho—, porque yo noté que mi borrico andaba como si volara.

Así siguieron un buen rato, don Quijote haciendo preguntas y Sancho contestándolas con lo primero que le venía a la lengua. Y, aunque el pobre escudero salió bien de la prueba, maldijo a quienes le habían obligado a decir tantos embustes, pues había sudado cien veces más con aquellas pocas mentiras que en toda una vida de trabajar en el campo.

Don Quijote y sus demonios

Tras pasar la noche al raso, la princesa y su séquito[1] se recogieron en la venta donde habían manteado a Sancho, quien hubiera preferido seguir adelante por no revivir aquel mal recuerdo. Don Quijote pidió acostarse enseguida porque iba muy cansado, así que la ventera le preparó una cama en el mismo aposento que la otra vez, pero a condición de que la pagase como era debido. Los demás se sentaron a comer y, ya en la sobremesa, charlaron sobre la locura de don Quijote y sobre los libros de caballerías. El ventero explicó que tenía dos o tres, y que disfrutaba mucho cuando alguno de sus huéspedes los leía en voz alta al amor de la hoguera.

—¡Santo Dios —dijo—, y qué espadazos pegan esos caballeros! A veces hasta me dan ganas de echarme al monte y buscar algún dragón para cortarle la cabeza.

—Pues a mí lo que más me gusta —confesó Maritornes— es cuando el caballero abraza a su dama bajo un naranjo y empieza a susurrarle palabras de amor…

---

1 **séquito**: grupo de personas que acompañan a un rey, un príncipe o un noble.

—Esos libros están llenos de disparates —advirtió el cura—, y lo mejor que se podría hacer con ellos es quemarlos, porque no dicen una sola palabra que sea verdad.

—Pero, ¿qué está diciendo? —protestó el ventero—. ¿Acaso es mentira que el caballero Felixmarte de Hircania rebanó el cuello de cinco gigantes con un solo golpe de espada y que Cirongilio de Tracia ahorcó a un dragón con sus propias manos?

—Ni esos caballeros existieron —contestó el cura—, ni jamás se ha visto un dragón en todo el mundo. Pero, puesto que no me creéis, pedidle a Dios que esos libros no os sequen el cerebro como a nuestro don Quijote.

En eso estaban cuando de pronto sintieron un gran alboroto y vieron que Sancho salía corriendo del aposento de su amo.

—¡Vengan todos a ayudar a mi señor —decía a gritos—, que está luchando contra el gigante Pandafilando y acaba de cortarle la cabeza como si fuera un nabo!

—Eso no puede ser —dijo el cura—, porque Pandafilando está en la otra punta del mundo.

—¡Les digo que entren a ayudar a mi amo, y verán el suelo lleno de sangre y la cabeza del gigante en un rincón, que es tan grande como un cuero de vino!

Al oír aquello, el ventero se llevó las manos a la cabeza.

—¡Que me maten —dijo— si don Quijote no ha dado alguna cuchillada a los cueros de vino tinto que hay a la cabecera de su cama! ¡Y la sangre que dice este buen hombre será el vino que se ha derramado…!

Temiéndose lo peor, el ventero y los demás corrieron al aposento, donde encontraron a don Quijote con la espada en alto, acuchillando los cueros de vino. Estaba en camisa, lo que le de-

jaba al aire unas piernas largas y flacas y mucho más peludas que limpias. Y lo mejor era que tenía los ojos cerrados, porque estaba soñando que ya había llegado a Micomicón y que batallaba contra el gigante Pandafilando.

—¡Pelea, malandrín —le gritaba—, que aquí se acabarán tus fechorías!

Cuando el ventero vio los cueros rotos y el suelo encharcado de vino, se enfureció tanto que saltó sobre don Quijote y empezó a aporrearle la cabeza a puño limpio. Y sin duda se la hubiera partido en dos de no ser porque el cura y el barbero lograron sujetarlo a tiempo. Pero ni aun así despertó don Quijote, de modo que maese Nicolás le echó encima un jarro de agua fría para que abriese los ojos de una vez.

Mientras tanto, Sancho se puso a gatas y comenzó a buscar por el suelo la cabeza del gigante.

—Como no la encuentre —decía—, me quedo sin ínsula. Pero tiene que estar por aquí, porque yo la he visto caer…

«¡Válgame Dios!», pensaban todos. «Está peor Sancho despierto que su amo durmiendo».

En esto, don Quijote confundió la sotana del cura con las faldas de Micomicona y se arrodilló ante él para decirle:

—Fermosísima princesa, el gigante ya está muerto.

Al oír aquello, Sancho Panza se puso en pie de un salto y gritó loco de alegría:

—¿No lo decía yo? ¡Venga esa ínsula, que Pandalifando está muerto y requetemuerto!

Eran tantos los disparates que decían entre don Quijote y Sancho que nadie podía aguantarse la risa. El único que estaba serio era el ventero, que repetía una y otra vez:

—¡Por mi vida que esos cueros me los van a pagar!

Al final, entre el cura y el barbero lograron acostar a don Quijote, que se quedó dormido en un santiamén, y luego apaciguaron al ventero prometiéndole que le pagarían sin regatear lo que valiesen los cueros rotos.

En el resto de la tarde no les sucedió nada que merezca la pena contar, pero a eso del anochecer se oyeron en el camino unos cascos de caballo que anunciaban la llegada de un nuevo huésped. El ventero salió a recibirlo con muy buen ánimo, confiando en que el gasto del viajero compensase la pérdida del vino, y se encontró con un caballero alto y apuesto, vestido con ropas nuevas y caras, propias de un hombre rico y de alto linaje.

—Señor ventero, ¿hay posada? —dijo el recién llegado nada más apearse del caballo.

Cuando Dorotea oyó aquella voz, se quedó más blanca que la cera, lanzó un hondo suspiro que le salió del fondo del alma y cayó desmayada al suelo. En eso, el caballero entró en la venta y, al ver a la dama desfallecida, abrió los ojos de par en par como si hubiera visto un ángel del cielo.

—¡Dorotea! —empezó a gritar—, ¿qué es lo que te pasa?

Y es que el recién llegado no era otro que don Fernando, el caballero al que Dorotea buscaba por los pueblos y caminos de Andalucía y de la Mancha. Al llegar junto a su antigua amada, don Fernando la tomó en sus brazos y le dijo:

—¡Ay Dorotea, no sabes cuánto me he arrepentido de la maldad que te hice! Vuelve en ti y perdóname, que llevo mucho tiempo buscándote para casarme contigo según te prometí.

Cuando Dorotea recobró el sentido y oyó que don Fernando quería casarse con ella, comenzó a llorar de alegría con tanto

to spill

sentimiento que no hubo nadie en la venta que no derramase algunas lágrimas con ella. Lloró Maritornes, lloraron el barbero y el cura, lloró el ventero y lloró su mujer, y hasta el mismísimo Sancho acabó bañado en llanto, aunque era el único que no lloraba de felicidad, sino por la amargura de haber descubierto que la tal Micomicona no era una princesa, sino una simple dama que se llamaba Dorotea. Y, para que don Quijote lo supiese y no siguiera haciéndose ilusiones, fue a buscarlo a su aposento y le dijo con mucha tristeza:

—Duerma lo que quiera, señor Triste Figura, y olvídese de Pandafilando, porque ya todo ha terminado.

—Así es, Sancho —respondió don Quijote—, porque le he cortado la cabeza a ese gigante en la más fiera batalla que se haya visto nunca.

—¡Ay, señor, no se engañe, que el gigante muerto es un cuero de vino y su cabeza es la puta que me parió!

—¿Qué dices, loco?

—Digo que, si vuestra merced se levanta, verá a la tal Micomicona convertida en una dama que se llama Dorotea.

—Ya te he dicho mil veces, amigo Sancho, que este castillo está encantado, por lo que no debes creer nada de lo que veas ni oigas entre estos muros. Pero, con todo, ayúdame a vestirme, que quiero ver esa transformación que dices.

Mientras tanto, Dorotea le explicó a su prometido quién era don Quijote, así que cuando el hidalgo salió de su aposento con la lanza en la mano y la bacía en la cabeza, don Fernando ni siquiera pestañeó, como si estuviera viendo la cosa más normal del mundo. Don Quijote atravesó la sala en silencio, clavó los ojos en Dorotea y le dijo con voz serena y grave:

—Ya he sabido, ¡oh fermosa señora!, que habéis dejado de ser princesa para convertiros en una dama, pero, si lo habéis hecho por miedo, ya podéis ser princesa otra vez, porque acabo de matar al gigantillo que tanto os molestaba…

—Valeroso caballero —contestó Dorotea con mucha seriedad—, es verdad que algo ha cambiado en mí, a causa de ciertos sucesos felices que acaban de ocurrirme, pero yo sigo siendo la princesa Micomicona y sigo necesitando vuestra ayuda, así que espero que me acompañéis a mi reino tal y como prometisteis.

Al oír aquello, don Quijote se volvió hacia Sancho, apretó los dientes, hinchó los carrillos, alzó la lanza y bramó lleno de ira:

—Ahora te digo, Sanchuelo, que eres el mayor bellacuelo que hay en España. Dime, ladrón vagabundo, ¿quién demonios te manda engañarme? ¡Por mi vida que te voy a…!

—Sosiéguese, señor —le interrumpió don Fernando—, y disculpe a su escudero, que sin duda se habrá dejado engañar por algún malvado encantador.

—Así lo creo —dijo don Quijote—, porque este Sancho es más bueno que el pan, aunque a veces se caiga de puro tonto.

Aquella noche, todos se fueron a dormir muy temprano, a excepción de don Quijote, que decidió permanecer despierto para hacer la guardia, no fuese que algún amigo de Pandafilando se acercara al castillo con ganas de venganza. Sancho, en cambio, durmió de un tirón según su costumbre, y lo primero que hizo a la mañana siguiente fue visitar la cuadra para ver a su asno, al que quería como si lo hubiese parido. Y estaba acariciándole el hocico y diciéndole cosas bonitas cuando sintió de repente que alguien se le venía encima y empezaba a aporrearle la cabeza con mucha rabia.

—¡Por fin te encuentro, maldito ladrón! —decía el aporreador—. ¡Devuélveme mi albarda ahora mismo!

Y es que aquel desconocido era el barbero al que don Quijote y Sancho le habían arrebatado la bacía y la albarda aquel día en que lloviznaba sobre los campos. El buen hombre acababa de llegar a la venta y había reconocido su albarda nada más verla, pero Sancho no le permitió que se la llevase, sino que la defendió con tales puñetazos que le dejó al barbero los dientes bañados en sangre.

—¡Señor don Quijote, señor don Quijote —gritaba Sancho sin dejar de soltar mojicones[2] a diestro y siniestro—, venga a ayudarme, que me matan!

Alarmados por los gritos, todos los huéspedes de la venta corrieron a la cuadra, y don Quijote se hinchó de orgullo al ver el coraje con que peleaba su escudero. El cura y don Fernando lograron separar a los dos combatientes, y entonces el barbero señaló a don Quijote y a Sancho y comenzó a decir:

—¡Sepan vuestras mercedes que estos dos desalmados me asaltaron el otro día en mitad de un camino y me robaron esta albarda, y también una bacía sin estrenar que me había costado un escudo!

Al oír aquello, don Quijote replicó con indignación:

—Es verdad que hace días luché contra este cobarde, pero fíjense si será mentecato que dice que el yelmo de Mambrino, que yo le arrebaté en justa batalla, es una simple bacía de barbero. ¡Vamos, Sancho, trae el yelmo para que todo el mundo vea que soy yo el que dice la verdad!

---

2 **mojicón**: puñetazo que se da en la cara.

—Escúcheme, señor, es mejor que no lo saquemos —murmuró Sancho—, porque habrá alguno al que le parecerá bacía en vez de yelmo.

—Haz lo que te mando, Sancho, que no todas las cosas de este castillo se han de transformar unas en otras por arte de encantamiento.

Por no desobedecer a su señor, Sancho fue en busca de la bacía. Y, al volver, dijo:

—Este es el baciyelmo que ganó mi señor.

Don Quijote tomó la bacía y preguntó:

—¿Cómo se puede decir que esto es una bacía?

Nuestro barbero maese Nicolás, que sabía mejor que nadie de la locura de don Quijote, decidió divertirse un rato siguiéndole la corriente, así que le dijo al otro barbero:

—Señor barbero, como yo soy de vuestro mismo oficio, sé muy bien cómo es una bacía, y os puedo asegurar que eso que don Quijote tiene entre las manos es un yelmo.

—Así es —asintió el cura, que había entendido enseguida la intención de su paisano.

—No hay duda de que es un yelmo —asintieron don Fernando, Dorotea y todos los demás.

El barbero burlado se quedó de piedra.

—Pero, ¿es que estoy soñando? —dijo—. ¿Así que ahora resulta que mi bacía es un yelmo? Debe de ser que estoy borracho, aunque me extraña mucho, porque llevo dos días sin probar una gota de vino.

Viendo que tenía las de perder en la disputa, el barbero renunció a su albarda y a su bacía y se dispuso a marcharse, con lo que la paz volvió a reinar en la cuadra. Pero el diablo, que todo lo enreda, quiso que en aquel mismo instante entrara por la puerta del establo una cuadrilla de la Santa Hermandad, cuyo capitán le iba diciendo al ventero:

—Vamos buscando a un desalmado que la semana pasada liberó a unos galeotes. Es un hombre alto y seco, de rostro amarillo y piernas largas, que lleva puesta una armadura más vieja que Matusalén y usa una bacía como si fuera un sombrero…

En eso, el capitán levantó la vista y se encontró frente a frente con un hombre idéntico al que acababa de describir, así que comenzó a gritarle a su cuadrilla:

—¡Prended a ese hombre, porque es el criminal que andamos buscando!

Y, para que no se le escapase, saltó sobre él y lo agarró por el cuello. Don Quijote, que no toleraba maltratos de nadie, comenzó a crujir de pura rabia y le respondió al cuadrillero con sus mismas armas: echándole las manos a la garganta y apretando con todas sus fuerzas. Cuando la cara del capitán empezaba a amoratarse, los otros cuadrilleros saltaron sobre don Quijote, a quien don Fernando defendió con su espada. El cura comenzó a pedir paz a voces, Maritornes se puso a llorar, la ventera chillaba como una descosida, su marido maldecía mil veces al maldito don Quijote y el barbero de la bacía decidió aprovechar el alboroto para saltar de nuevo sobre Sancho y recuperar su albarda, pero, antes de que llegase a rozarla, recibió más de treinta patadas en el estómago y otros tantos mojicones en la cara. De manera que en la cuadra todo eran llantos y palos, puñetazos y cuchilladas, gritos y coscorrones, sangre y más sangre. Y en medio de aquel caos, tan sólo don Quijote supo poner orden, gritando con voz de trueno:

—¡Deténganse todos y escúchenme! ¿No ven que este castillo está encantado y que es una necedad pelearse por cosas de tan poca importancia?

Fue como un milagro, porque todos se detuvieron de pronto y dejaron la paliza en el punto en que estaba. Entonces el cura se acercó a todo correr al jefe de los cuadrilleros y le dijo al oído:

—Mire vuestra merced que de nada le servirá prender a don Quijote, porque el juez lo soltará por loco en cuanto lo vea.

—Eso no es asunto mío —respondió el capitán—. Yo tengo orden de prenderlo y lo voy a prender.

Pero tanto le insistió el cura y tantas locuras llegó a hacer don Quijote en poco rato, que el capitán acabó por rendirse y dejó correr el asunto. Mientras tanto, el barbero reanudó su pelea con Sancho, aunque al final aceptó marcharse porque el cura le pagó al contado el precio de su bacía y de su albarda.

—¡Entonces a mí también se me ha de pagar! —protestó el ventero—. ¿O es que mis cueros no valen tres o cuatro veces más que la albarda de ese señor?

—Calma, señor ventero, que ahora mismo os pago —dijo el cura; y, como cumplió su promesa, todos quedaron contentos, con lo que se confirmó que el dinero todo lo arregla.

Aquella noche, los viajeros volvieron a dormir en la venta, pues estaban tan molidos por los golpes que nadie tuvo ánimos de ponerse en camino. Y, al amanecer del día siguiente, cuando don Quijote se despertó, notó que no podía mover los pies ni las manos. «Debo de estar encantado», se dijo.

Y así debía de ser, porque alrededor de su cama vio cuatro fantasmas vestidos con túnicas y antifaces, que lo levantaron de la cama, lo sacaron al patio de la venta y lo encerraron en una gran jaula montada sobre un carro de bueyes. En eso, uno de los diablos comenzó a decir con una voz profunda y cavernosa que espantaba al mismo miedo:

—¡Oh Caballero de la Triste Figura, no tengas pena, pues te hemos encantado y encerrado en esta jaula para que puedas llegar en un santiamén al reino de Micomicón! Y no olvides decirle a tu escudero que te acompañe en este viaje, pues a los dos se os premiará como es debido por el valor incomparable de vuestro brazo.

Sancho, que había salido al patio y lo estaba viendo todo, besó las manos de su señor en señal de obediencia, pero en el fondo de su alma se dijo: «Para mí que estos diablos no son de fiar». Y estaba en lo cierto, porque todo aquello no era más que una farsa para llevar a don Quijote a su casa lo antes posible. Todo había sido idea del cura, quien había construido la jaula con ayuda de maese Nicolás y de un par de cuadrilleros y luego había convencido al dueño de un carro de bueyes para que llevase a don Quijote hasta su aldea a cambio de un buen salario. De modo que los cuatro diablos eran el cura y sus tres ayudantes, quienes habían atado a don Quijote con cuerdas para que no pudiera moverse.

Sancho se olía la trampa de todo aquello, y lo que más le hizo sospechar fue que, al partir de la venta, los diablos se despidieron de don Fernando y de la princesa Micomicona como si los conocieran de toda la vida. Pero no dijo nada, por miedo de que también a él lo encerrasen, así que siguió al carro en que iba su señor mientras se iba diciendo: «Lo que más me duele es volver a casa igual que salí, en vez de verme montado en un coche y con ropas de gobernador, pero donde las dan las toman». De

modo que decidió acabar con la farsa y, a eso del mediodía, se acercó a la jaula y le dijo a su amo:

—Señor, ¿ve a esos dos diablos de ahí? Pues son el cura y el barbero, que quieren devolvernos a la aldea porque tienen envidia de nuestras hazañas.

—¡Ay, Sancho amigo —respondió don Quijote—, qué poco entiendes de caballerías! ¿No ves que me han encantado para llevarme en volandillas³ al reino de Micomicón? Desengáñate, Sancho, que si esos dos te parecen el cura y el barbero será porque tú también vas encantado.

—No sea tan duro de cerebro, señor, que vuestra merced no va encantado sino engañado. Y, si no, dígame si en esta jaula no le han venido ganas de comer, de beber o de orinar como todos los días.

—Claro que sí, Sancho.

—Entonces no puede estar encantado, porque los encantados ni comen ni beben ni hacen aguas.

—En eso tienes razón, pero hoy en día se han inventado otras maneras de encantamiento. Yo sé que voy encantado, y eso basta a mi conciencia.

Con todo, Sancho se empeñó en liberar a su señor, y aquella misma tarde le dijo al cura:

—Sería bueno soltar a don Quijote un rato, porque, si no, se lo hará todo encima y dejará la jaula hecha una pocilga.

El cura, que ya no llevaba la túnica ni el antifaz porque se había cansado de hacer de diablo, pensó que Sancho tenía razón, así que abrió la jaula y dejó que don Quijote se retirase entre

---

3 **en volandillas**: muy deprisa.

unos árboles para descargar el vientre. Pero sucedió que justo entonces sonó en el camino una triste trompeta, y don Quijote creyó que había llegado la hora de una nueva aventura. Así que, sin pensárselo dos veces, se levantó los calzones a toda prisa, saltó sobre Rocinante y galopó hacia el camino, sin atender al cura y al barbero, que le gritaban:

—Señor don Quijote, ¡vuelva aquí! ¿No ve que le están esperando en el reino de Micomicón?

Los que pasaban por el camino no eran sino unos labradores cubiertos con túnicas blancas, que iban en procesión y llevaban a hombros la imagen de una Virgen. La habían sacado de la iglesia para pedirle que hiciese llover sobre los campos, porque la sequedad de aquel verano estaba a punto de malograr las cosechas. Pero, como don Quijote tenía la imaginación envenenada por los libros de caballerías, confundió a la Virgen con una hermosa princesa a la que acababan de raptar aquellos diablos vestidos de blanco. De manera que apuntó a los labradores con su espada y empezó a gritar:

—¡Liberad a esa princesa, malandrines!

Uno de los que iban en la procesión, que era más atrevido que el resto, no se dejó espantar por don Quijote, sino que sacó un bastón y le soltó tal garrotazo en el hombro que lo dejó tumbado en el suelo. Al ver aquello, Sancho corrió junto a su amo e intentó ponerlo en pie. Pero, como don Quijote no se movía, pensó que estaba muerto y comenzó llorar a moco tendido.

—¡Válgame Dios —decía a gritos—, que han matado al más glorioso caballero de la Mancha! ¡Oh tú que fuiste más generoso que Alejandro Magno, que luchaste sin temor contra tantos malhechores y que me prometiste la mejor ínsula del mundo!

¡Oh azote de los malos, oh enamorado sin causa!, ¿cómo puede ser que de un solo garrotazo te hayan mandado al otro mundo así como así?

Tantas fueron las voces y los gemidos de Sancho, que don Quijote acabó por despertar, y entonces dijo:

—Ayúdame, Sancho, a ponerme sobre el carro encantado, porque no tengo fuerzas para montar en Rocinante.

—Lo haré de muy buena gana, señor mío —respondió Sancho—, y volvamos a la aldea, que ya tendremos tiempo de buscar nuevas aventuras que nos den fama y reinos que gobernar.

Así que don Quijote entró de nuevo en la jaula y el carro volvió a rechinar camino de la aldea, adonde entró al cabo de seis días. Y, como dio la casualidad de que llegó un domingo, todos los vecinos estaban en la calle, así que nadie se quedó sin ver a don Quijote en la jaula, más flaco y amarillo que nunca. La mujer de Sancho acudió a recibir a su escuderil esposo, y nada más verlo le preguntó cómo estaba el asno, a lo que Sancho respondió que venía bueno.

—Y dime, marido —siguió diciendo Teresa Panza—, ¿qué has sacado de tus escuderías? ¿Me has comprado algún vestido? ¿Traes zapaticos para tus hijos?

—No traigo nada de eso, sino otras cosas de más importancia, que ya te enseñaré cuando estemos solos.

Mientras tanto, el carro entró en el patio de la casa de don Quijote, donde su sobrina y la criada se tiraron de los pelos al ver lo mal que volvía su tío y señor, y maldijeron mil veces los libros que le habían gastado el seso. El cura les dijo que lo metieran en la cama enseguida y que, cuando despertase, le diesen cosas apropiadas para el corazón y para el cerebro.

—Y, sobre todo —les advirtió—, tengan mucho cuidado de que no se les vuelva a escapar, porque nos ha costado mucho trabajo traerlo hasta aquí.

—No se preocupe, señor cura —dijo la sobrina—, pues le juro por mis huesos que don Alonso no volverá a salir de esta aldea en todos los días que le quedan de vida.

Dulcinea en su borrica

Cuando Teresa Panza vio los cien escudos que su marido traía de Sierra Morena, empezó a dar saltos de alegría, pero Sancho le advirtió que aquello no era más que el comienzo, ya que muy pronto volvería a los caminos y sería gobernador de una ínsula.

—Pues si por fortuna te ves con algún gobierno —le dijo Teresa—, no te olvides de mí y de tus hijos, que Sanchico ya tiene edad de ir a la escuela, y Mari Sancha quiere casarse.

—Estate tranquila, que yo la casaré con un conde, y la llamarán «señoría» a todas horas.

—Eso no, Sancho. Mejor casémosla con Lope Tocho, que es un mozo rollizo y sano y se le van los ojos detrás de nuestra hija. Y olvídate de los condes y las condesas, que son gente muy suya y nos mirarían por encima del hombro.

Sancho repitió que quería casar a Mari Sancha con un conde, y Teresa insistió una y otra vez en que prefería por yerno a Lope Tocho, así que se pasaron más de una hora discutiendo por lo que no era más que viento y humo.[1] Teresa acabó bañada en llan-

---

1 Es decir, por algo que tal vez nunca llegaría a pasar.

to porque ya veía a su hija encerrada en un palacio, pero la tristeza se le esfumó de pronto al día siguiente, cuando Sancho empezó a gastarse los cien escudos en cosas para su casa y su familia.

Mientras tanto, don Quijote estuvo más de un mes en la cama, sufriendo por las viudas y los huérfanos a los que dejaba sin ayuda. Sancho visitaba a su amo a diario, porque se moría de ganas de volver a los caminos y visitar castillos y matar gigantes. Pero no siempre podía entrar en la casa de don Quijote, pues a veces la criada le cerraba el paso gritándole:

—¡Vete de aquí, maldito, que tú eres el que desquicias a mi amo y lo llevas por esos andurriales!

Un buen día, Sancho acudió a visitar a don Quijote en compañía de un joven bachiller[2] del pueblo que se llamaba Sansón Carrasco. Nada más entrar en el aposento, el tal Sansón, que era muy bromista, se arrodilló ante la cama y dijo:

—¡Oh, señor don Quijote, que amparáis a las doncellas y favorecéis a las viudas, sois el caballero más famoso del mundo, como bien demuestra este libro que os traigo!

Don Quijote tomó el libro que le mostraba Sansón y leyó su título en voz alta: *Historia de don Quijote de la Mancha, escrita por el historiador árabe Cide Hamete Benengeli y traducida a la lengua castellana por Miguel de Cervantes Saavedra.*

—¿No te decía yo, Sancho amigo —dijo el caballero lleno de orgullo—, que algún sabio escribiría mis hazañas para ejemplo de todos?

Sancho, que estaba tan orgulloso como su señor, le preguntó a Sansón si también él aparecía como *presonaje* en el libro.

---

2 El **bachiller** era el estudiante de los primeros cursos de universidad.

—*Personaje*, Sancho, se dice *personaje* —respondió el bachiller—. Y no sólo aparecéis en el libro, sino que el tal Cide Hamete cuenta incluso las volteretas que disteis en la manta, y dice que algunas veces no sois tan valiente como debierais.

—Yo soy como soy —sentenció Sancho—, y con tal de verme puesto en libros, me importa un higo lo que digan de mí.

Don Quijote quiso saber si el autor del libro prometía una segunda parte, a lo que Sansón respondió que sí, siempre que tuviera algo que contar en ella.

—Entonces habrá que salir cuanto antes a la ventura —concluyó don Quijote—, aunque sólo sea para darle a ese sabio moro una historia que escribir.

«¡Ay Dios mío!», se dijo entonces la criada, que lo estaba escuchando todo porque había pegado el oído a la puerta del aposento. «Bien claro se ve que don Alonso quiere volver a ser caballero». Así que aquella misma tarde se presentó en casa de Sansón Carrasco para suplicarle que no permitiese que don Alonso volviera a los caminos. La pobre llegó temblando y sudando de miedo, y le dijo a gritos al bachiller:

—Pero ¿cómo se os ha ocurrido enseñarle ese libro a don Alonso? ¡Seiscientos huevos he gastado para que mi señor mejorara un poco, y todo para nada, porque ahora volverá a salir y me lo devolverán apaleado y enjaulado como hace un mes!

—Sosiéguese, señora —respondió Sansón—, pues lo mejor es que vuestro amo vuelva a salir en busca de aventuras. Os diré lo que vamos a hacer…

Y le explicó la artimaña que había tramado para devolverle la cordura a don Alonso. El cura y el barbero ya estaban al corriente de aquel plan y lo consideraban muy adecuado, así que la so-

brina y la criada de don Quijote no hicieron nada por impedir que su tío y señor volviese a sus aventuras. Como la otra vez, don Quijote se escapó de casa de noche y sin despedirse de nadie, y montó en Rocinante con ánimo alegre, pensando en las muchas batallas que le ofrecería el destino. Y no menos contento iba Sancho Panza, que ya se veía a un tris de ser gobernador.

—Iremos a Zaragoza —anunció don Quijote al salir de la aldea—, donde van a celebrarse unas solemnes justas[3] en las que podré batallar contra otros caballeros y ganaré eterna fama por el valor de mi brazo. Pero antes quiero ir al Toboso para visitar a mi señora Dulcinea y pedirle su bendición.

Cuando Sancho oyó aquello, toda su alegría se volvió en tristeza. «Si don Quijote habla con Dulcinea», pensó, «descubrirá que no le llevé su carta y me dejará sin ínsula». Estaba tan inquieto que, en el viaje al Toboso, apenas abrió la boca, sino que caminó apenado y pensativo como si sólo esperara desgracias. Tres días les costó llegar a la patria de Dulcinea, en la que don Quijote quiso entrar de noche para que su visita fuese lo más discreta posible. Así que tuvieron que buscar su palacio de princesa a la luz de la luna y sin ayuda de nadie, pues a aquellas horas todo el Toboso dormía a pierna suelta.

—Vamos, Sancho —dijo don Quijote—, guíame hasta el palacio de Dulcinea.

—Verá, señor —respondió el escudero con un nudo en la garganta—, es que ya no me acuerdo de dónde estaba, pero sin duda vuestra merced lo sabrá mejor que yo, porque debe de haber visitado ese palacio millares de veces…

---

3 **justas:** torneo, combate en que los caballeros batallaban por deporte.

—Ven acá, mentecato, ¿no te tengo dicho que jamás en mi vida he visto a Dulcinea ni he pisado su palacio, y que estoy enamorado de oídas?

—Ahora me entero —dijo Sancho—. Y confieso que, si vuestra merced no la ha visto, yo tampoco.

—¿Cómo que no las has visto? ¿Acaso no le trajiste mi carta?

—Sí que se la traje, pero yo también vi a Dulcinea de oídas.

—Sancho, Sancho, mira que no es momento de burlas…

—Lo único que recuerdo es que el palacio estaba en una callejuela sin salida…

—¡Maldito seas, villano harto de ajos! ¿Dónde se ha visto un palacio en una callejuela sin salida?

—Será que aquí en el Toboso tienen la costumbre de levantar los palacios en calles pequeñas…

Sancho ya no sabía qué decir para disimular sus mentiras, pero sucedió que justo entonces don Quijote vio un bulto grande a la luz de la luna y creyó que había dado con el palacio, así que para allá se fueron. Sin embargo, cuando llegaron frente al edificio descubrieron que no era más que la iglesia del pueblo, que tenía una torre muy alta.

—Con la iglesia hemos dado, Sancho —dijo don Quijote.

—Y, si seguimos así, daremos con nuestra sepultura. ¿No sería mejor que saliéramos del pueblo y volviésemos mañana a la luz del día? Y, si es que vuestra merced no quiere que le vean rondando el palacio de su dama, ya vendré yo a hablarle y a pedirle su bendición…

A don Quijote le pareció que el consejo era bueno, así que amo y criado salieron del Toboso y se refugiaron en un bosquecillo cercano. Y, a eso del amanecer, don Quijote dijo:

—Vamos, Sancho, vuelve al Toboso y ve a decirle a Dulcinea que estoy preso de su amor. Y fíjate bien en si se pone nerviosa o colorada al oír mi nombre, porque eso querrá decir que me corresponde en mis amores.

—Allí voy —dijo Sancho—, y anime ese corazoncillo, que donde menos se piensa salta la liebre.

A lomos de su borrico, Sancho se alejó camino del Toboso, pero en cuanto perdió de vista a su señor, se apeó del burro y se sentó a pensar al pie de un árbol.

—¡Puto diablo! ¿Y ahora dónde vas a encontrar a Dulcinea? —se preguntaba a sí mismo—. Eso quisiera saber yo —se respondía como si estuviera hablando con otro—. Pero, dime, Sancho, ¿no es verdad que tu amo está loco? Claro que lo está, porque toma los molinos por gigantes y las ventas por castillos. Entonces, ¿por qué no te aprovechas de su locura para engañarle? ¿Y cómo le engaño? Pues haciéndole creer que la primera labradora que te encuentres es la señora Dulcinea del Toboso.

Sosegado con aquellos pensamientos, Sancho se quedó al pie del árbol hasta al atardecer, para que su amo creyera que estaba en el Toboso. Y tuvo tanta suerte que, justo cuando se levantaba para reunirse con su señor, vio venir a tres labradoras sobre tres burros o burras, que sólo Dios sabe lo que eran. Y, cuando por fin llegó hasta don Quijote, y el caballero le preguntó si traía buenas noticias, Sancho le respondió con mucha alegría:

—Tan buenas, que ahora mismo va a ver a la señora Dulcinea con sus propios ojos. Vamos, asómese, que viene por allí abajo con dos de sus doncellas, montada en una yegua blanca como la nieve. Y va vestida de seda y cargada de joyas, y lleva los cabellos sueltos, que son más dorados que los rayos del sol.

Loco de alegría, don Quijote extendió la vista hacia el Tobo-so, pero cuando vio a las tres mujeres que se acercaban, se que-dó más pálido que un muerto.

—¡Válgame Dios —dijo—, que yo no veo más que a tres al-deanas montadas en borricos!

—Pero, ¿qué está diciendo, señor? Fíjese bien, que esas son Dulcinea y sus doncellas, y póngase de rodillas, que ya llegan.

Cuando las aldeanas se acercaron, Sancho se arrodilló ante la primera, que llevaba un palo en la mano para picar a su burra.

—Reina de la hermosura —le dijo con la mayor cortesía—, aquí os rinden homenaje don Quijote y su escudero.

Don Quijote se puso de rodillas y miró con ojos desencajados a la que Sancho llamaba reina, porque lo que él veía era una aldeana con la nariz chata y la cara muy redonda.

—¡*Déjenmos* pasar, que vamos *depriesa*! —gruñó la supuesta Dulcinea, levantando el palo—. ¡Y si tienen ganas de burla, ríanse del hideputa de su *agüelo*![4]

Estaba tan irritada, que azotó a su burra con el palo para que saliera al trote, pero la bestia se disgustó al ver que la trataban tan mal, de modo que dio un brinco y tiró a su dueña al suelo. Don Quijote acudió a toda prisa a levantar a Dulcinea, pero la dama no necesitaba ayuda de nadie, porque, tras coger carrerilla, apoyó las manos sobre el trasero de la borrica y le saltó encima más ligera que un halcón.

—¡Vive Dios que Dulcinea cabalga mejor que un mejicano! —se admiró Sancho—. ¡Hace correr la burra como si fuera una cebra!

Y así era la verdad, porque Dulcinea y sus doncellas se alejaban más rápidas que el viento.

—¡Malditos sean mis enemigos los encantadores —se quejó don Quijote—, porque no sólo han convertido a mi Dulcinea en la aldeana más fea del mundo, sino que le han puesto en la boca un aliento de ajos crudos que me ha revuelto el alma!

—¡Oh canallas encantadores! —gritó Sancho, esforzándose para que no se le escapase la risa.

---

4 Como tienen poca cultura, las tres aldeanas usan los vulgarismos *déjenmos*, *depriesa* y *agüelo* en vez de las palabras *déjennos*, *deprisa* y *abuelo*.

Y con eso tomaron el camino de Zaragoza, por el que iba don Quijote tan triste y pensativo que parecía a punto de caer enfermo. Al día siguiente, sin embargo, se animó un poco cuando se juntaron con un caballero que hacía su mismo camino. Tenía el hombre unos cincuenta años, iba vestido con un gabán verde y parecía la persona más sensata y educada del mundo. Cuando vio a don Quijote con su armadura y le oyó decir que era caballero andante, enseguida pensó que había topado con un loco. Pero, en la conversación que mantuvo con él, don Quijote habló con tan buen juicio de las cosas de la vida, que el Caballero del Verde Gabán ya no supo qué pensar.

Mientras su amo conversaba, Sancho se apartó del camino para comprarles unos requesones a unos pastores que ordeñaban ovejas. Pero, cuando ya los estaba pagando, don Quijote empezó a gritarle que volviese, porque había llegado la hora de una nueva aventura y necesitaba su casco, que iba atado al borrico de Sancho. Cuando el escudero oyó a su señor, no supo qué hacer con los requesones, y no se le ocurrió nada mejor que echarlos dentro del casco de su amo. Así que, cuando don Quijote se lo encajó en la cabeza, notó que por los ojos y por toda la cara comenzaba a caerle un sudor muy frío, lo que le extrañó mucho, porque no tenía ni pizca de miedo.

—Parece que se me están derritiendo los sesos —dijo, pero entonces se sacó el casco y, al mirarlo por dentro, bramó lleno de ira—: ¡Maldito seas, malnacido escudero, que me has llenado el casco de requesones!

A lo que Sancho respondió con mucha calma y disimulo:

—Eso será cosa de algún encantador, porque yo no malgasto requesones en la cabeza de nadie.

—Todo puede ser —asintió don Quijote, más calmado.

Y, tras limpiarse la cara, se plantó con la lanza en medio del camino, a la espera de un carro de mulas que se acercaba.

—Mire, señor —le dijo el del Verde Gabán—, que aquel carro no es de ningún enemigo, porque lleva la bandera del Rey.

Pero don Quijote le contestó que él sabía muy bien lo que se hacía, y, cuando el carro llegó por fin, le preguntó al carretero:

—Decidme, buen hombre, ¿qué lleváis en ese carro?

—Dos leones bravos enjaulados para el Rey, que son los mayores que se hayan visto nunca en España. Y ahora van muertos de hambre porque hace un buen rato que no han comido.

Don Quijote, sonriéndose un poco, dijo:

—¿Leoncitos a mí? ¿A mí leoncitos? Apeaos, buen hombre, y abrid las jaulas, que voy a batallar contra esas dos fieras.

—¡Dios santo, no haga eso! —dijo el del Verde Gabán, convencido otra vez de que don Quijote estaba loco.

—¿Es que no me has oído, bellaco? —le insistió don Quijote al carretero—. ¡Te he dicho que sueltes a los leones, o ahora mismo te atravieso con mi lanza!

Al oír aquello, Sancho comenzó a llorar.

—Mire, señor —le dijo a su amo—, que esos leones son de verdad. Hay uno que está sacando una uña por entre los barrotes, y es una uña tan grande que el león ha de ser mayor que una montaña.

—Si tienes miedo, retírate —le respondió don Quijote—. Y, si muero, ya sabes lo que tienes que hacer: irás al Toboso y le dirás a Dulcinea que mi último pensamiento fue para ella.

El Caballero del Verde Gabán vio que era inútil oponerse a un loco armado, así que echó a correr con su yegua y se alejó del camino tanto como pudo. Y lo mismo hizo Sancho, que, aunque lloraba a moco tendido por su señor, no por eso dejaba de aporrear a su borrico para ponerse a salvo. Mientras tanto, el valiente don Quijote se acercó a los leones, desenvainó la espada poquito a poco, se encomendó a su señora Dulcinea y abrió la jaula del primer león. La fiera, que era enorme y tenía cara de muy pocos amigos, se revolvió, tendió la garra, bostezó muy despacio y sacó una lengua de dos palmos con la que se desempolvó los ojos y se lavó el rostro. Después, asomó la cabeza fuera de la jaula y, tras haber mirado a una y otra parte, se dio media vuelta con mucha calma, le enseñó sus partes traseras a don Quijote y entró de nuevo en la jaula para echarse a dormir.

—Señor carretero —dijo entonces don Quijote—, dele palos a ese león para que salga.

—El león tiene abierta la puerta —contestó el carretero, que se había refugiado con sus mulas entre unos árboles pero lo estaba viendo todo— y, si no quiere salir, es cosa suya. Dejadlo estar, pues ya habéis demostrado vuestro coraje.

—Eso es verdad, así que ven a cerrar la puerta y a partir de ahora proclama allá por donde vayas lo que ha pasado: que yo he esperado al león y él no ha querido pelear por miedo de que lo hiciese pedazos.

Y con eso acabó la aventura de los leones, de la que don Quijote escapó con vida de puro milagro. Cuando Sancho vio que su amo seguía entero, se frotó los ojos como si estuviera soñando, e igual de asombrado quedó el Caballero del Verde Gabán, quien volvió con su yegua y le dijo a don Quijote:

—Ahora vénganse a comer y a descansar a mi casa, que buena falta les hace.

Cuatro días pasaron don Quijote y Sancho en el hogar del Caballero, a quien muy pronto tuvieron por un santo, pues el buen hombre adoraba a su familia, se mostraba muy caritativo con los pobres, no murmuraba nunca de nadie y llevaba una vida de lo más tranquila y ordenada. En realidad, tan sólo le inquietaba una cosa: descubrir si don Quijote era un cuerdo que tiraba a loco o un loco que hablaba como un sabio. Pero, por más que lo estuvo observando durante aquellos cuatro días, no sacó nada en claro, así que al final se dijo a sí mismo: «Este don Quijote es un loco que a ratos se vuelve cuerdo, y su caso es tan extraño que no podrían curarlo ni los mejores médicos del mundo».

El desafío, la cueva y el retablo

El día en que dejaron la casa del Caballero del Verde Gabán, don Quijote y Sancho se cruzaron en su camino con unos cómicos que viajaban disfrazados de un pueblo a otro. Y, cuando don Quijote vio al Diablo entre el Rey y la Muerte, comenzó a decir:

—¿Has notado, Sancho, cuánto se parece el teatro a la vida? Pues en las comedias uno hace de rey y otro de mendigo, pero, cuando se acaba la función y los actores se quitan sus ropas, el mendigo y el rey son iguales. Y eso mismo pasa en la vida, donde unos nacen emperadores y otros esclavos, pero, cuando llega la muerte y nos desnuda, todos quedamos iguales en la tumba.

—También dicen que la vida es como el ajedrez —contestó Sancho—, porque, durante el juego, cada pieza hace un oficio distinto, pero, cuando termina la partida, todas se mezclan en una misma bolsa, que es como dar con la vida en la sepultura.

—Cada día, Sancho, te muestras más sabio y menos simple.

—Será que algo se me ha pegado de vuestra sabiduría, que cae sobre mi corta mollera como el abono en la tierra seca.

—Hoy hablas tan de perlas —se rió don Quijote— como si no te hubieras criado en el campo, sino en la corte y entre grandes señores.

Aquella noche, los dos andantes se refugiaron en un bosque de altos árboles, donde toparon con otros dos hombres de su mismo oficio, pues uno era caballero como don Quijote y el otro era escudero como Sancho. Y mientras los dos caballeros empezaban a charlar sobre las grandezas de su aventurera profesión, los criados se apartaron de sus señores para hablar escuderilmente. Sancho dijo que lo peor de su oficio eran los días que pasaba sin comer, a lo que contestó el Escudero del Bosque:

—Pues no sufráis, que esta noche cenaréis como un rey.

Y sacó una empanadilla muy grande de conejo y una bota de vino, de las que Sancho comió y bebió sin hacerse de rogar.

—Vuestra merced sí que es escudero como Dios manda —decía—, no como yo, que lo único que llevo en las alforjas es un pedazo de queso tan duro que puede descalabrar a un gigante.

Así estuvieron charlando un buen rato, y tanto llegaron a beber, que dejaron la bota vacía y se durmieron con la comida en la boca. Entre tanto, el Caballero del Bosque le explicó a don Quijote que acababa de luchar contra una giganta y que había derrotado a más de treinta caballeros en pocos días.

—Y uno de los que he vencido —dijo— es el mismísimo don Quijote de la Mancha, de quien sin duda habréis oído hablar.

—En eso andáis equivocado —protestó don Quijote—, porque don Quijote de la Mancha soy yo.

—Os repito que he derrotado a don Quijote y, si no me creéis, mi espada probará lo que digo.

—Insisto, señor caballero, en que el auténtico don Quijote soy yo, y estoy dispuesto a defender esta verdad con las armas.

—Acepto el desafío —concluyó el Caballero del Bosque—, pero será mejor que esperemos a que amanezca para que el sol nos vea combatir. Y batallaremos con una condición: que el vencido quedará obligado a hacer todo lo que disponga el vencedor.

Así que fueron a buscar a sus escuderos para decirles que tuvieran las armas y el caballo a punto en cuanto amaneciera, porque iban a luchar. Sancho quedó muy asombrado y temeroso, pero hizo lo que don Quijote le había ordenado y luego volvió a roncar hasta el alba. Y, cuando el sol asomó por el balcón del nuevo día, lo primero que vio Sancho al abrir los ojos fue la nariz del Escudero del Bosque, que tenía un tamaño colosal, era morada como una berenjena y estaba sembrada de verrugas por todas partes. Era, en fin, una nariz tan horrorosa, que Sancho se puso en pie de un salto y echó a correr muerto de miedo. «¡Ay Dios mío», se decía, «¡he cenado con un monstruo!».

Mientras tanto, don Quijote subió a lomos de Rocinante y se preparó para combatir. A la luz del día, descubrió que su rival era un hombre recio y ancho de hombros, y que llevaba una vistosa casaca[1] llena de brillantes espejitos en forma de luna. Pero, como ya se había puesto el casco, no pudo verle la cara.

—Recordad que, si os venzo —dijo el Caballero del Bosque—, tendréis que obedecerme en todo lo que os ordene.

Don Quijote asintió, y entonces los dos rivales se alejaron el uno del otro, porque debían embestirse con las lanzas en plena carrera. En esto, llegó Sancho corriendo hasta su amo y le dijo:

—¡Ay, señor, ayúdeme a subirme a ese alcornoque, que las narices de aquel escudero me tienen lleno de espanto!

Miró don Quijote al escudero y, al ver que sus narices eran en verdad horrorosas, no dudó en ayudar a Sancho a trepar al alcornoque. Así que, cuando el Caballero de los Espejos se dio la vuelta y empezó a galopar contra su rival, encontró a don Quijote ocupado, por lo que se detuvo en seco a mitad del camino. Sin embargo, don Quijote terminó enseguida, y entonces echó a galopar a todo el correr de Rocinante. Al ver que su enemigo se le venía encima, el Caballero de los Espejos espoleó a su caballo

---

1 **casaca:** especie de chaqueta ceñida.

con tanta fuerza como si quisiera partirlo en dos, pero la bestia se negó a dar un solo paso más, de manera que don Quijote se encontró con un blanco de lo más fácil. Y fue tal el lanzazo que le dio a su enemigo, que lo hizo saltar por los aires y lo dejó tumbado en el suelo. Entonces, don Quijote se apeó de Rocinante y acudió junto al Caballero de los Espejos para comprobar si lo había matado. Y, cuando le quitó el casco y le vio por fin el rostro, se quedó tan espantado como si hubiera visto al mismísimo Satanás.

—¡Ven aquí, Sancho —gritó—, que vas a ver lo que han hecho mis enemigos los encantadores!

Cuando Sancho llegó y vio la cara del caballero, se quedó pálido como un muerto y comenzó a hacerse cruces.

—¡Pero si es igualito que el bachiller Sansón Carrasco! —dijo—. ¡Santo Dios, y qué malvados son esos encantadores que dice vuestra merced! ¡Vamos, señor, métale la espada por la boca a este caballero, y así matará al brujo que lleva dentro!

Siguiendo el consejo, don Quijote se dispuso a matar a su enemigo, pero justo entonces el Escudero del Bosque comenzó a gritar:

—¡Deténgase, señor don Quijote, que ese caballero es su amigo el bachiller Sansón Carrasco!

Sancho miró al escudero y descubrió con gran sorpresa que había perdido sus horribles narices.

—¿Y las narices? —le preguntó.

—Las tengo aquí guardadas —contestó el otro, sacándose del bolsillo unas narices postizas.

Entonces Sancho se fijó mejor en la cara del escudero, y, viendo que le resultaba conocida, exclamó con gran sorpresa:

—¡Pero si eres mi vecino Tomé Cecial!

—¡Así es, porque todo esto no es más que un enredo!

—¡Ay! —se quejó entonces el Caballero de los Espejos, que acababa de volver en sí.

Viendo que su enemigo podía oírle, don Quijote le plantó la punta de la espada en la cara y le dijo con firmeza:

—¡Os he vencido, caballero, así que estáis a mi merced! Y lo que os exijo es que vayáis al Toboso a rendirle homenaje a la altísima Dulcinea. ¡Prometed que lo haréis o sois hombre muerto!

—Así lo haré —dijo el vencido con vocecilla de enfermo.

Don Quijote envainó su espada y ayudó al caballero a levantarse, tras lo cual le dijo a Sancho que ya era hora de irse, porque aquella aventura había tocado a su fin. Y lo mejor es que se marchó convencido de que los encantadores le habían cambiado la cara a su rival, cuando lo cierto es que había batallado contra el auténtico Sansón Carrasco. Y es que aquel enredo formaba parte del plan del bachiller para devolverle la cordura a su vecino Alonso Quijano.

—Yo quería salir vencedor para imponerle a don Quijote la obligación de no salir nunca más de su aldea —dijo Sansón cuando se quedó a solas con Tomé Cecial—, pero todo nos ha salido del revés.

—Decís bien, porque don Quijote se va loco y contento y nosotros quedamos cuerdos y malparados —respondió Tomé, que había aceptado hacer de escudero porque era un hombre alegre y de poco entendimiento—. Así que yo me vuelvo a mi casa, porque no quiero acabar en la tumba antes de tiempo.

—Pues yo sigo adelante —murmuró el bachiller—, aunque ya no lo hago por curar al maldito don Quijote, sino para vengarme de él. Pero antes tengo que encontrar a un médico que me entablille las costillas, pues lo menos me he roto cinco o seis.

Mientras tanto, don Quijote siguió su camino hacia Zaragoza, por el que iba Sancho callado y meditabundo, pues estaba convencido de que los dos con los que habían batallado eran los verdaderos Sansón Carrasco y Tomé Cecial.

—No pienses más en eso —le decía don Quijote—. El que ha peleado conmigo no puede ser Sansón Carrasco, porque ni el bachiller es caballero ni tiene nada contra mí.

—Yo lo único que sé —replicó Sancho— es que aquellos dos se parecían a nuestros vecinos como un huevo a otro huevo.

—Y yo te repito que ese parecido es una artimaña de los malignos encantadores que me persiguen, que han querido confundirme para verme derrotado.

Aunque don Quijote no logró convencerlo, Sancho se olvidó de su inquietud enseguida, cuando pasaron por una alameda donde había más de cincuenta cocineros asando gallinas y cociendo liebres, friendo dulces y cortando quesos, apilando panes y sirviendo vino. Eran tantos los manjares que se veían y se olían allí, que Sancho se creyó en el paraíso y notó que la vista se le nublaba de pura hambre. Sucedía que un campesino muy rico llamado Camacho estaba celebrando sus bodas y, como quería compartir su alegría con todo el mundo, invitaba a todo el que pasaba a comer lo que quisiera. Sancho dio buena cuenta de tres gallinas y dos gansos, pero don Quijote apenas probó bocado, y se dedicó a charlar con un estudiante que era uno de los invitados a la boda. Y, entre otras cosas, le explicó que tenía muchas ganas de visitar la cueva de Montesinos, que quedaba por allí cerca, pues había oído contar muchas maravillas de ella.

—Yo os llevaré mañana mismo, insigne caballero —le respondió el estudiante, que hablaba con mucha pompa porque se las daba de sabio y de escritor—. Pues debéis saber que conozco estos parajes de nuestra ilustre nación española como si hubiera morado en ellos desde los tiempos del celebérrimo Hércules.[2]

Así que, al día siguiente, don Quijote pudo asomarse a la boca de la cueva de Montesinos, que se hundía como un pozo en las entrañas de la tierra.

—Todos los grandes caballeros del mundo —dijo entonces— han bajado alguna vez al infierno, y yo no voy a ser menos. Así que átame, Sancho, una soga a la cintura porque pienso entrar en la cueva ahora mismo.

—Pero, ¿qué locura es esa? —replicó Sancho—. ¿Qué necesidad tiene vuestra merced de enterrarse en vida?

—Yo no soy, Sancho, de esos caballeros que temen al peligro, así que átame cuanto antes, que la aventura me espera.

Viendo que no había modo de hacerle cambiar de opinión, Sancho y el estudiante le ataron una cuerda larguísima alrededor de la cintura y la fueron soltando poco a poco mientras don Quijote se hundía en las tinieblas de la cueva. Luego, esperaron una media hora y volvieron a recoger la soga, y lo más gracioso es que don Quijote salió profundamente dormido, y tuvieron que menearlo un buen rato antes de que despertase. Regresaba tan impresionado que tardó más de dos horas en hablar, pero al fin, a eso de las cuatro, bajo un cielo nublado y triste, dijo:

---

2 **morar:** vivir; **celebérrimo:** famosísimo; **Hércules:** héroe mítico de la antigua Grecia del que se dice que estuvo en España y que abrió el estrecho de Gibraltar.

—Escuchadme, porque oiréis maravillas…

Y comenzó a contar todo lo que había visto, en lo que se le fue más de una hora. Dijo que en el fondo de la cueva había un palacio de cristal, y que en aquel palacio estaban encerrados los caballeros de Carlomagno y los del rey Arturo con sus hermosas damas, y que todos llevaban allí abajo más de quinientos años, hechizados por el mago Merlín.

—Lo que más me extraña —dijo el estudiante— es que hayáis visto tantas cosas en tan poco tiempo, pues no habéis pasado bajo tierra más de media hora.

—Eso no puede ser —replicó don Quijote—, porque allá vi amanecer tres veces, así que tengo que haber estado tres días.

—Perdóneme vuestra merced —dijo Sancho—, pero yo no me creo una palabra de todo lo que nos ha contado.

—Pues créelo, porque lo he visto con mis propios ojos. Y tienes que saber que, entre otras maravillas, me han pasado por delante tres labradoras que brincaban como cabras por los campos, y una de ellas era la sin par Dulcinea del Toboso…

«¡Ay que me muero de la risa!», pensó Sancho. «¡Como si yo no supiese quién encantó a Dulcinea y a sus doncellas…!». El estudiante, en cambio, se creyó palabra por palabra todo lo que había contado don Quijote, y en verdad nadie podrá decir a ciencia cierta si el caballero había visto todas las maravillas que decía o si tan sólo las había soñado. El caso es que, como estaba atardeciendo, los tres amigos se pusieron en camino, y al poco rato llegaron a una venta.

—¡Qué suerte han tenido de venir esta noche —les dijo el ventero nada más verlos—, porque acaba de llegar maese Pedro!

—¿Y quién es maese Pedro? —preguntó don Quijote.

—Un titiritero que anda por estas tierras con un retablo[3] y un mono adivino. Y el mono es tan sabio que, si le preguntan algo, salta al hombro de su amo y le dice al oído la respuesta de lo que le preguntan, y casi siempre acierta, como si tuviese el diablo dentro del cuerpo. Maese Pedro cobra dos reales por cada respuesta del mono, así que dicen que está riquísimo. Y ya veréis que es un hombre muy chistoso, que habla por los codos y bebe por doce.

Cuando don Quijote vio al tal maese Pedro, pensó que debía de tener la cara enferma, pues llevaba todo el lado izquierdo tapado con un parche de tela. En cuanto al mono, era grande y sin cola, de cara graciosa y trasero pelado. Don Quijote le preguntó por su futuro, pero maese Pedro le advirtió que el mono sólo respondía a preguntas sobre el pasado y el presente.

—¡Pues yo no suelto ni blanca para que me digan mi pasado! —dijo Sancho—, porque ¿quién lo va a conocer mejor que yo? Pero si el señor monísimo sabe las cosas presentes, he aquí mis dos reales, y dígame qué hace ahora mi mujer Teresa Panza.

Maese Pedro se dio dos golpes en el hombro y entonces el mono le saltó encima, se arrimó a su oído y comenzó a mover la boca como si estuviera hablando. Y, en cuanto el animalillo volvió al suelo, maese Pedro corrió hacia don Quijote, se puso de rodillas y, abrazándole las piernas, dijo:

—¡Oh ilustre don Quijote de la Mancha, grandísimo caballero que ayudas a los caídos y consuelas a los desdichados!

El mono había adivinado quién era don Quijote, de lo que quedaron pasmadísimos todos los que estaban en la venta.

_____

3 **retablo:** teatrillo portátil en el que se representan obras de títeres.

—Y tú, ¡oh buen Sancho Panza! —continuó maese Pedro—, que eres el mejor escudero del mejor caballero del mundo, alégrate, porque tu Teresa está bien, y ahora mismo está echándose un trago de vino mientras desgrana una cabeza de ajos.

—Lo de los ajos no sé si es verdad —dijo Sancho—, pero lo del vino me lo creo, porque mi Teresa siempre se ha dado muy buena vida.

—Ahora digo yo —agregó don Quijote— que el que lee mucho y anda mucho, ve mucho y sabe mucho. Porque yo nunca hubiera creído que existen monos adivinos, pero ahora lo he visto por mis propios ojos y sé que es verdad. Pues yo soy don Quijote de la Mancha, tal y como ha dicho ese animal sabio.

—Y yo os honraré como merecéis —anunció el titiritero— representando mi retablo ahora mismo y de balde.

—Este maese Pedro —le dijo entonces don Quijote a Sancho en un susurro— debe de haberle vendido su alma al diablo a cambio de que le diese al mono el don de adivinar.

—Eso debe de ser —respondió Sancho.

Pero ninguno de los dos llegó a sospechar que en todo aquello hubiera gato encerrado. En realidad, el mono no adivinaba nada, pero estaba amaestrado para subirse al hombro de su dueño y mover la boca como si hablase. Y lo que pasaba es que, antes de entrar en un pueblo, el muy pícaro de maese Pedro se informaba de las cosas que habían pasado en él, con lo que siempre acertaba en sus contestaciones, y así fue como se enteró de que don Quijote y Sancho estaban en la venta.

Pero lo que no se le podía negar a maese Pedro era que tenía mucha gracia para manejar sus títeres. Aquella noche representó la historia de la princesa Melisendra, con la que dejó encandilados a don Quijote y a todos los otros huéspedes de la venta. Melisendra era raptada por unos moros y su marido lograba rescatarla sacándola en volandas por el balcón de un palacio. Pero los moros descubrían a la pareja y corrían tras ella con un poderoso ejército. Y sucedió que, cuando don Quijote vio y oyó a tanto moro por detrás de aquellos dos cristianos inocentes que se querían tanto, se levantó de golpe, desenvainó su espada y se puso a gritar:

—¡Deteneos, malnacidos, o conmigo sois en batalla!

Y, diciendo esto, saltó sobre el retablo y comenzó a acuchillar a los títeres con tanta furia que los descabezó a casi todos. Y el propio maese Pedro, que estaba tras el retablo, habría perdido su cabeza de no ser porque logró encogerse a tiempo.

—¡Deténgase, señor don Quijote —gritaba—, que lo que está viendo son muñecos y no moros de verdad! ¡Ay, pecador de mí, que me deja sin negocio!

El escándalo era tan grande que hasta el mono adivino echó a correr y huyó por los tejados de la venta. Don Quijote no paró hasta destrozar todo el retablo, y entonces miró a su alrededor con el orgullo del guerrero victorioso y dijo con voz rotunda:

—Díganme: ¿qué hubiera sido de Melisendra y su señor esposo si yo no hubiera estado aquí? ¡Viva la caballería andante!

—¡Viva la caballería, y muera yo —dijo maese Pedro echándose a llorar—, que hace un momento era dueño y señor de reyes y ejércitos y ahora me veo pobre y sin mi mono, porque antes de atrapar a ese animal voy a sudar hasta por los dientes!

—No llores, maese Pedro —le dijo Sancho con voz tristísima—, que me quiebras el corazón. Mi señor don Quijote, que es muy buen cristiano, te pagará todo lo que ha roto.

—Ahora ya no tengo dudas —dijo don Quijote— de que mis enemigos los encantadores me cambian las cosas delante de los ojos, porque a mí me pareció que todo lo que hemos visto pasaba en verdad, y por eso me alteré y quise ayudar a Melisendra. Pero no sufráis, maese Pedro, que os pagaré los títeres rotos.

Y así lo hizo, pagando real por real todas las heridas de los que habían perdido la cabeza, los ojos o la nariz, e incluso desembolsó dos reales por el trabajo de agarrar al mono. Claro que otro gallo le habría cantado al tal maese Pedro si don Quijote hubiera sabido quién era en verdad aquel titiritero. Porque, aunque alguno no lo crea, juro por todos los caballeros del mundo y por el borrico de Sancho Panza, al que Dios tenga en su gloria, que maese Pedro no era ni más ni menos que aquel Ginés de Pasamonte al que don Quijote había liberado en Sierra Morena, y que había agradecido a pedradas el don de la libertad. Para que la justicia no lo reconociese, Pasamonte se había tapado la mitad de la cara con un parche y se había hecho titiritero, oficio en el que se desenvolvía como pez en el agua. Y por eso más de uno, al oír esta historia, se pregunta por qué el tal Ginés no se dedicó a manejar títeres desde el primer día de su vida, en vez de amargar a tanta gente con sus bellaquerías y delitos.

El barco encantado y el caballo volador

A los tres días de salir de la venta, don Quijote y Sancho se cruzaron al pie de una loma con un escuadrón de más de doscientos aldeanos que iban armados hasta los dientes con lanzas, ballestas y arcabuces.[1] Lleno de curiosidad, don Quijote les preguntó por las razones que les movían a la guerra, a lo que contestó uno de los campesinos:

—Resulta que nuestro alcalde tiene un don muy gracioso, y es que imita los rebuznos del burro a las mil maravillas. Y por esa habilidad, los del pueblo vecino, cada vez que ven a alguno de nuestro pueblo, se ponen a rebuznar para burlarse de nosotros. Y, como ya no hay quien soporte tanta burla, hemos salido a buscarlos para matarlos a todos.

Pensando que su deber de caballero era poner paz, don Quijote se abrió paso hasta el centro de aquel ejército y dijo:

—Yo, señores míos, soy caballero andante, por lo que conozco muy bien el gran daño que causan las armas. Y por eso os digo que a la guerra sólo hay que ir por razones de importancia, como es defender la vida y la familia, y no por niñerías.

---

1 **ballesta:** arma con la que se lanzan flechas; **arcabuz:** especie de escopeta.

Al ver que le escuchaban, don Quijote calló un instante para tomar aliento, pero Sancho aprovechó su silencio para añadir:

—Y además no tienen por qué avergonzarse de oír un rebuzno, porque yo de mozo rebuznaba cuando me venía en gana, y tanto se me daba que algunos me tuviesen envidia por lo bien que lo hacía. Y, si no me creen, escuchen, que la ciencia del rebuzno es como el nadar, que una vez aprendida nunca se olvida.

Dicho esto, Sancho se llevó las manos a las narices y comenzó a rebuznar con tanta fuerza que retumbaron todos los valles cercanos. Pero uno del escuadrón, pensando que se burlaba, alzó un palo largo y recio y le soltó tal golpe a Sancho en las espaldas que el pobre cayó al suelo sin sentido. Don Quijote arremetió contra el del palo, pero fueron tantos los que le apuntaron con sus ballestas y arcabuces, que al fin tuvo que escapar para ponerse a salvo. Luego, los del escuadrón atravesaron a Sancho sobre su borrico, que siguió los pasos de Rocinante, y, cuando el escudero recobró el sentido, don Quijote le dijo:

—¡En mala hora te dio por rebuznar! ¿A quién se le ocurre nombrar la soga en casa del ahorcado?

—Ya no rebuznaré más, señor, pero, dígame: ¿es buen caballero andante el que sale huyendo cuando muelen a su escudero?

—Yo no he huido, sino que me he retirado por prudencia.

—Sea lo que fuere, bien se ve que a vuestra merced le importo muy poco, pues el otro día dejó que me mantearan y hoy ha dejado que me apaleen y mañana dejará que me saquen los ojos. Así que mejor me vuelvo a mi casa con mi mujer y mis hijos en vez de andar de la ceca a la meca con quien tan mal me quiere…

—Pues si eso es lo que deseas, echa cuentas de lo que te debo, que ahora mismo te pagaré para que puedas irte.

—Calculando que hace unos veinte años que me prometió la ínsula, lo menos me debe...

—¿Veinte años? ¡Pero si no hace más de dos meses que salimos de casa! Ya veo que quieres quedarte con todo mi dinero, y no me importa, pues prefiero andar pobre y verme solo antes que ir en compañía de tan mal criado. ¡Anda, malandrín, vuélvete a tu casa, que tienes más de bestia que de persona!

Cuando Sancho se oyó tratar tan mal, le entró tal pena en el corazón que se le llenaron los ojos de lágrimas y le pidió perdón a su señor una y mil veces.

—Yo te perdono, Sancho —dijo don Quijote—, pero en adelante no seas tan interesado y aprende a tener paciencia, que día vendrá en que seas gobernador tal y como te prometí.

En esas y otras conversaciones se les pasaron dos días, y al tercero llegaron a las riberas del Ebro, que maravilló a don Quijote por la claridad y la abundancia de sus aguas. Y, viendo que a la orilla del río se mecía una barca, dijo el caballero:

—Has de saber, Sancho, que ese barco de ahí está encantado y me está pidiendo que suba en él, como pasa tantas veces en los libros de caballerías, pues ha de llevarme hasta un castillo en el que sufre prisión un valiente caballero.

—Si vuestra merced quiere dar en otro disparate, yo obedezco, pero sepa que esta barca es de algún pescador de por aquí.

El caso es que acabaron embarcando y, nada más emprender su viaje río abajo, don Quijote empezó a decir:

—Por lo que veo, ya debemos de haber salido al océano.

—¿Al océano? —replicó Sancho—. ¡Pero si todavía estoy viendo a Rocinante y a mi borrico donde los hemos dejado!

—Te digo, Sancho, que estamos en mar abierto, y hasta es posible que hayamos atravesado el Ecuador. Y, si no, pásate una mano por el muslo para ver si llevas piojos, porque, si se te han muerto de calor, es que ya lo hemos atravesado.

Sancho hizo la prueba, y se sacó del muslo tal puñado de piojos vivitos y coleando que respondió de mala gana:

—¿No le decía yo que todavía estamos en España?

En eso, descubrieron unas grandes aceñas[2] en mitad del río, y apenas las vio don Quijote, dijo:

—Mira, Sancho, ese es el castillo que buscamos.

La barca entró entonces en una rápida corriente y se acercó a toda prisa a las ruedas del molino, contra las que sin duda iba a hacerse pedazos. Viendo el peligro, los molineros salieron con unas varas largas para detener la barca, y, como tenían la cara y la ropa llenas de harina, don Quijote creyó que eran fantasmas, así que se puso en pie, sacó la espada y empezó a gritar:

—¡Liberad al caballero o tendréis que batallar conmigo!

Sancho estaba tan espantado que se arrodilló para rezar un padrenuestro. Y, aunque los molineros lograron detener la barca, no

---

2 **aceña:** molino de agua.

pudieron evitar que volcase, así que los dos aventureros acabaron en el agua. Don Quijote nadaba como un ganso, pero el peso de la armadura lo arrastró hacia el fondo dos veces, así que, de no ser porque los molineros saltaron al agua para sacarlos, amo y criado habrían muerto allí mismo. Y lo peor fue que, cuando ya salían a tierra firme, aparecieron los dueños de la barca y, al verla destrozada, le exigieron a don Quijote que se la pagase.

—Lo haré con gusto —respondió el hidalgo—, a condición de que liberéis al caballero que está cautivo en el castillo.

—Pero ¿qué castillo decís, hombre sin juicio? —replicó uno de los molineros.

—¡Basta! —estalló don Quijote—. ¡Todo esto es un engaño de los encantadores que me persiguen! ¡Que me perdone el caballero cautivo, pero yo no puedo más!

Así que pagaron la barca, volvieron en busca de sus bestias y siguieron su viaje más tristes que nunca.

Y, como las cosas ya no podían irles peor, al atardecer del día siguiente la fortuna volvió a sonreírles, pues se cruzaron con un duque y una duquesa que los recibieron en su palacio con grandes muestra de cortesía. Sucedía que los tales duques habían leído el libro sobre las primeras aventuras de don Quijote, así que se alegraron mucho de conocerlo en persona. Y, como tenían al hidalgo y a su criado por los dos hombres más locos y graciosos del mundo, decidieron acogerlos en su palacio para reírse unos días a su costa. El duque les advirtió a sus criados que debían tratar a don Quijote y a Sancho como si fueran caballeros de veras, así que los rociaron con agua de rosas a la entrada del palacio y los recibieron con un sinfín de reverencias. Y, como don Quijote no advirtió que los criados se reían a sus espaldas, se

sintió por vez primera un auténtico caballero andante. En cuanto a Sancho, enloqueció de contento al verse tratar mejor que al
Papa de Roma, y se le fueron los ojos tras los sabrosos manjares
que les sirvieron de cena. Durante la comida, los duques no dejaron de hacer preguntas, con lo que se enteraron de que Dulcinea se había convertido en una cebolluda labradora.

—Y vos, Sancho —dijo el duque—, ¿aún soñáis con gobernar una ínsula?

—Así es —contestó el escudero—, porque quien a buen árbol se arrima buena sombra le cobija, y yo me he arrimado al árbol de mi señor y sé que no me faltará una ínsula.

—Estáis en lo cierto —respondió el duque—, porque yo os daré la mejor ínsula que tengo en mis tierras.

—Arrodíllate, Sancho —dijo entonces don Quijote—, y besa los pies a Su Excelencia por la merced que te ha hecho.

—Por supuesto que voy a besárselos, que a quien se humilla Dios le ensalza y al buen pagador no le duelen prendas.

—¡Maldito seas, Sancho! —le riñó don Quijote—. ¿Cuándo llegará el día en que hables sin refranes?

—Dejadlo —dijo la duquesa, que se moría de la risa—, porque a mí los refranes de vuestro escudero me gustan mucho. Decidme, Sancho, ¿vendréis esta tarde a charlar conmigo en una sala muy fresca que tenemos aquí en el palacio?

—En estos días de verano —respondió el escudero— tengo yo la costumbre de echar cuatro o cinco horas de siesta, pero hoy no pegaré ojo con tal de acompañaros.

La duquesa presintió que la charla sería entretenida, y no se equivocó, porque aquella tarde Sancho se mostró como el escudero más charlatán y divertido del mundo. No sólo contó con pelos y señales todas las aventuras que había vivido con su señor, sino que llegó a confesar que él había sido el verdadero encantador de doña Dulcinea.

—Como don Quijote está loco de remate —dijo—, le hago creer lo que no tiene pies ni cabeza.

—Y si sabéis que está loco, ¿por qué le acompañáis?

—Porque somos vecinos de toda la vida y él es un hombre generoso y agradecido, y yo lo quiero de todo corazón.

Tras más de tres horas de darle a la lengua, Sancho se marchó a su cuarto y entonces la duquesa corrió en busca de su marido para contarle todo lo que le había explicado el escudero:

—Dice que don Quijote ha visitado la cueva de Montesinos y que allí abajo ha visto a muchos caballeros encantados por el mago Merlín y a la mismísima Dulcinea convertida en aldeana.

—Entonces —dijo el duque— le prepararemos a don Quijote una burla en la que aparezcan Dulcinea y el mago Merlín.

Y así lo hicieron. Uno de aquellos días invitaron a don Quijote y Sancho a una cacería en el monte, donde el pobre escudero pasó mucho miedo al cruzarse con un jabalí de grandes colmillos. Cazada la presa, los duques y sus huéspedes comieron en unas espléndidas tiendas de campaña y, a eso del atardecer, cuando ya era hora de volver al palacio, comenzó a sonar de repente un gran estruendo de disparos y trompetas, tan horrible que Sancho se desmayó de miedo en las faldas de la duquesa. En medio de aquel colosal ruido, apareció un carro tirado por seis mulas y un espantoso demonio que dijo:

—En ese carro de ahí viene la señora Dulcinea, a la que el mago Merlín ha desencantado por un rato para que don Quijote pueda verla de nuevo en toda su hermosura. Y el propio Merlín viene a deciros cómo podéis desencantarla para siempre.

Lleno de emoción, don Quijote miró el carro, en el que era verdad que venía una doncella muy hermosa, sentada en un trono y tapada de pies a cabeza con un largo velo de hilos de oro y plata. Y, cuando el carro se detuvo, apareció un hombre vestido de negro, delgadísimo y pálido, y dijo con voz fantasmal:

Yo soy Merlín el mago, y he venido
desde el temible infierno a revelaros
que Dulcinea seguirá hechizada
hasta que Sancho Panza, el escudero,
se suelte los calzones pierna abajo
y se dé sin piedad ni disimulo
tres mil buenos azotes en el culo.

—¿Tres mil azotes? —dijo Sancho, que acababa de volver en sí—. ¡Ni soñarlo! Que se azote mi amo, que se pasa el día hablando de Dulcinea y la llama «mi amor» y «luz de mis ojos»…

—Pero, ¿qué estáis diciendo, don villano? —bramó don Quijote—. Yo te amarraré a un árbol y te daré diez mil azotes si es preciso. Y no me repliques, que te arrancaré el alma.

—Así no —dijo el espíritu de Merlín—, porque vuestro escudero ha de recibir los azotes por su voluntad, y no a la fuerza.

—¡No pienso azotarme! —insistió Sancho—. Y además, ¿qué tienen que ver mis posaderas con el encantamiento de nadie?

En esto, la hermosa doncella que venía en el carro se puso en pie, se quitó el velo del rostro y dijo con varonil desenfado:

—¡Maldito seas, Sancho! ¿Es que no te conmueve mi desgracia? Si no quieres azotarte por mí, hazlo por tu amo…

—Pensad, Sancho —dijo el duque—, que si no hay azotes no hay ínsula, pues yo no puedo darles por gobernador a mis insulanos a alguien que no se apiada de una doncella en apuros…

—Señor Merlín —preguntó Sancho—, ¿no podría darme dos días para pensarlo?

—No —respondió Merlín—: debéis decidiros ahora mismo.

Al final, tanto le insistieron a Sancho, que el pobre prometió calentarse el trasero tal y como le pedían, pero a condición de azotarse cuando él quisiera, sin plazo fijo y sin hacerse sangre. Don Quijote se conmovió tanto que se colgó del cuello de su escudero y le soltó más de mil besos en la frente y las mejillas. En eso, el carro volvió a ponerse en marcha y desapareció entre los árboles, mientras la hermosa Dulcinea le hacía una gran reverencia a Sancho. Y lo mejor fue que ni don Quijote ni su escudero advirtieron que todo aquello era una farsa, y que los que hacían de Merlín y Dulcinea eran dos criados del duque.

—¡Buena ha sido la burla! —dijo la duquesa retorciéndose de risa cuando se quedó a solas con su marido aquella noche.

—Mejor aún será la de mañana —respondió el duque.

Y es que al día siguiente volvieron a las andadas, pues le hicieron creer a don Quijote que una condesa lo andaba buscando para pedirle un don. La tal condesa se presentó acompañada por doce dueñas[3] en el jardín donde los duques comían con sus huéspedes, y lo que más les sorprendió a todos fue que las trece mujeres llevaban la cara tapada con unos velos muy oscuros. Tras hacer una gran reverencia, la condesa se adelantó y dijo:

—Yo, señores, soy la condesa Trifaldi, y he venido con estas queridísimas dueñas desde el lejanísimo reino de Candaya para que el famosísimo don Quijote de la Mancha remedie una grandísima desgracia que nos ha sucedido.

—Pues aquí está don Quijotísimo para que le pedirísimis lo que queridísimis —dijo Sancho, a lo que don Quijote añadió que socorrería a la condesa y a sus dueñas con mucho gusto.

—Debéis saber, ilustre caballero —dijo entonces la Trifaldi—, que en el reino de Candaya vive el malvado gigante Malambruno, que nos ha amargado la vida con sus artes mágicas.

---

3 **dueña:** mujer madura que sirve a una noble como dama de compañía.

—Y ¿qué es lo que os ha hecho? —preguntó la duquesa.

—Ahora mismo lo veréis —contestó la Trifaldi.

Y entonces la condesa y sus doce dueñas se quitaron de golpe los velos y dejaron al descubierto sus caras. Y todos los que estaban presentes quedaron pasmados al ver que las trece mujeres tenían el rostro cubierto con unas espesísimas barbas.

—¡Menuda pelambrera! —dijo Sancho—. ¡Mejor hubiera sido que el tal Malcanuto les hubiera cortado las narices, aunque tuvieran que hablar gangoso toda la vida!

—Bien decís —exclamó la Trifaldi echándose a llorar—. Porque, ¿adónde va una mujer con este bosque de barbas? Malambruno dice que sólo nos dejará la cara lisa cuando combata frente a frente con el valiente don Quijote de la Mancha…

Don Quijote dijo que viajaría a Candaya y lucharía con Malambruno, pero Sancho no quería acompañarle, pues temía que en su ausencia le quitasen la ínsula que le habían prometido.

—La manera más rápida de viajar a la lejanísima Candaya —explicó entonces la Trifaldi— es a lomos de un caballo de madera que inventó el mago Merlín y que vuela por los aires con tanta ligereza como si lo llevaran los mismos diablos. Se llama Clavileño porque es de leño y tiene una clavija en la frente, y lo mejor es que ni come ni duerme ni tiene alas, y camina tan llano que quien viaja encima puede llevar en la mano una taza llena de agua sin que se le derrame una gota.

—¿Y cuántos caben en ese caballo? —preguntó Sancho.

—Dos personas: el caballero y el escudero. Y para gobernarlo lo único que hay que hacer es mover la clavija de la frente: si se mueve a un lado, Clavileño vuela por los aires y, si se lleva al otro, camina a ras de tierra.

—Yo no subo en ese caballo ni harto de vino —avisó Sancho—, que no soy brujo para ir por los aires.

—Sin vuestra presencia no haremos nada —dijo la Trifaldi—, pues Malambruno exige que don Quijote vaya con su escudero.

—¿Pero qué tendré yo que ver con las aventuras de mi señor? —replicó Sancho—. Por unas niñas huérfanas sí que me arriesgaría, pero por quitarles las barbas a unas dueñas, ¡ni soñarlo!

—¡Tened piedad, amigo Sancho, que con este calor no hay quien aguante tanto pelo! —dijo entonces la Trifaldi, y lo dijo con tanto sentimiento que a Sancho se le escaparon dos lagrimones y respondió enternecido:

—¡No lloréis, condesa, que yo montaré en Clavileño y acompañaré a mi señor hasta el fin del mundo si hace falta!

De modo que sacaron al caballo, que era de madera, y entonces la Trifaldi dijo que, para que los jinetes no se mareasen con la altura, les convenía taparse los ojos con un pañuelo.

—Y, cuando oigan que el caballo relincha —agregó—, es que ya han llegado a Candaya.

Don Quijote y Sancho subieron al caballo y se dejaron tapar los ojos, el amo con muchas ganas de empezar la aventura, y el criado temblando de miedo como tantas veces. Y, nada más verlos a lomos de Clavileño, todos los presentes dijeron a gritos:

—¡Que Dios os guíe, valentones, pues ya vais por los aires, veloces como flechas!

Oyó Sancho las voces y apretó a su amo por la cintura.

—Señor —preguntó—, ¿cómo dicen que vamos tan altos, si parece que están hablando junto a nosotros?

—No repares en eso, Sancho, que en estas volaterías todo se sale de lo ordinario y nada es lo que parece. Y no me aprietes

tanto, que me ahogas. ¿Qué es lo que temes, medrosico, si lleva-
mos el viento en popa?

—En eso no os equivocáis, que por este lado me da un viento
tan recio como si me estuvieran soplando con un fuelle.

Y así era la verdad, pues los criados del duque estaban dándo-
les aire con unos grandes fuelles, de lo que sus señores se reían a

rabiar. Luego les acercaron a la cara unos hierbajos ardiendo para hacerles creer que pasaban junto al sol y, al poco rato, dieron remate a la aventura pegando fuego a Clavileño. Y, como el caballo estaba lleno de cohetes tronadores, reventó en medio de un gran ruido, con lo que don Quijote y Sancho saltaron por los aires y acabaron en el suelo medio chamuscados. Entonces se quitaron los pañuelos y descubrieron con asombro que estaban en el mismo jardín de donde habían salido. La Trifaldi y sus barbudas habían desaparecido, y los duques y sus criados estaban como desmayados en el suelo. Pero lo que más sorprendió a don Quijote fue encontrar una lanza clavada en la tierra, de la que colgaba un pergamino que decía con grandes letras de oro:

El ilustre caballero don Quijote de la Mancha acabó la aventura de la condesa Trifaldi con sólo intentarla. Malambruno se da por contento y las barbas de las dueñas quedan ya lisas y mondas.

—Bendito sea Dios, porque todo ha acabado bien —dijo don Quijote.

Y, con esa satisfacción, se fue hacia los duques, que fingieron despertar de su desmayo y alegrarse mucho con la noticia de que la aventura había terminado sin daño para nadie. Pero lo que les contentó de verdad fue lo bien que había salido la burla, y la destreza con que sus criados habían hecho el papel de la condesa Trifaldi y sus doce dueñas barbudas. La duquesa le preguntó a Sancho qué era lo que más le había gustado del viaje, y entonces el buen escudero respondió:

—Lo más bonito ha sido ver lo pequeño que es el mundo mirado desde el cielo. Porque, cuando íbamos volando, yo me he levantado un poquito el pañuelo por un lado y entonces he

visto la tierra y me ha parecido tan pequeña como un grano de mostaza. Y me he dicho: «¡Ay Sancho!, ahora ya ves que los gobiernos y riquezas por los que tanto peleáis los hombres no merecen la pena, porque son cosas pequeñas y de poca sustancia y se marchitan de un día para otro como la flor del campo».

La ínsula Barataria

Al día siguiente del vuelo de Clavileño, el duque le dijo a Sancho que se preparase para salir de viaje, porque le había llegado el momento de ser gobernador:

—Os envío a una ínsula hecha y derecha donde no falta de nada, y debéis saber que mis insulanos os esperan con tantas ganas como si fueseis un enviado del cielo.

—Pues yo os prometo gobernarles como Dios manda —respondió Sancho—, que me parece que, en esto de gobernar, todo es empezar.

Cuando don Quijote se enteró de que su escudero partía hacia la ínsula aquella misma tarde, lo llamó a su cuarto para hablarle a solas. Sancho entró en el aposento con miedo, pensando que su amo iba a pedirle que se diese los tres mil azotes de Dulcinea antes de marcharse. Sin embargo, lo único que quería don Quijote era darle a su escudero algunos consejos para que ejerciera su nuevo oficio lo mejor posible. Y lo primero que le recomendó fue que gobernase con prudencia y humildad, que evitara la envidia y la pereza, que luchase por el triunfo de la justicia y que fuera compasivo sin dejar de ser riguroso.

—Ve siempre limpio y bien vestido —añadió luego— y no te dejes crecer mucho las uñas; bebe con medida, porque el vino suelta la lengua más de lo que conviene, y no comas ajos ni cebollas, para que no descubran por tu aliento que naciste en cuna villana. Y sobre todo no masques a dos carrillos ni se te ocurra eructar delante de nadie.

—Este último consejo lo tendré muy en cuenta —contestó Sancho—, porque tengo la costumbre de eructar sin remilgos siempre que me viene en gana.

—Tampoco tienes que abusar de los refranes, que son más propios de los aldeanos que de un hombre culto.

—Es que sé más refranes que un libro, y se me vienen todos juntos a la boca cuando hablo, pero a partir de ahora sólo diré los que vengan al caso, que en casa llena, pronto se guisa la cena, y al buen entendedor, pocas palabras le bastan.

—¡Eso es, Sancho! ¡Te estoy pidiendo que no digas refranes y tú te pones a ensartarlos a troche y moche como siempre!

En resolución, don Quijote le dio a Sancho más de treinta o cuarenta consejos, todos atinadísimos y muy juiciosos, pues ya se sabe que el hidalgo sólo disparataba en las cosas de la caballería. Y, cuando acabó, le dijo Sancho:

—Todos esos avisos son muy provechosos, pero, como tengo tan mala memoria, no sé si los recordaré. Así que mejor démelos por escrito, que, aunque no sé leer ni escribir, yo se los daré a mi confesor para que me los recuerde cuando convenga.

—¡Ay Dios, y qué mal está que un gobernador no sepa leer ni escribir! Me gustaría que al menos aprendieses a firmar.

—No sufráis por eso, que yo fingiré que tengo dolorida la mano derecha y le pediré a alguno que firme por mí.

—¡Que Dios te guíe, Sancho amigo, y esperemos que el duque no descubra que ese cuerpecillo gordo que tienes no es más que un saco lleno de malicias y refranes!

—Señor, si cree que no valgo para gobernar, ahora mismo renuncio a la ínsula, porque prefiero ir Sancho al cielo que gobernador al infierno.

—Pues por esto mismo que acabas de decir mereces gobernar sobre mil ínsulas: eres bueno por naturaleza, y esa es la mayor virtud que puede tener un gobernador.

Aquella tarde después de la comida, Sancho dictó una carta para su Teresa, en la que le decía que ya era gobernador, y luego dejó que le pusieran unas ropas muy vistosas de juez, con lo que llegó la hora de la despedida. Tras besar las manos de los duques, Sancho se abrazó llorando a don Quijote, quien le dio su bendición con los ojos bañados en lágrimas, y luego se puso en camino, acompañado por un mayordomo y muchos criados.

Como Sancho no sabía lo que era una ínsula, no le extrañó que la suya estuviera en tierra firme. En realidad, los criados del duque lo llevaron hasta una villa de unos mil vecinos, a la que llamaron «ínsula Barataria» por lo barato que le había salido el gobierno al nuevo gobernador. Todo el mundo en el pueblo tenía orden de obedecer y regalar a Sancho como si fuera un marqués, así que lo recibieron con muchas reverencias y con grandes muestras de alegría. Nada más llegar, le entregaron las llaves de la ínsula, y luego se lo llevaron al juzgado para que hiciese justicia. Los criados del duque esperaban reírse a rabiar con los disparates de Sancho, pero resultó que el nuevo gobernador los dejó a todos con la boca abierta, pues hizo justicia con tanto tino como si hubiese dejado de ser bobo por la gracia de Dios.

Desde el juzgado, llevaron a Sancho al lujoso palacio que iba a ser su casa, adonde llegó corriendo un mensajero con una carta del duque que decía:

Señor don Sancho Panza, he tenido noticia de que unos enemigos míos van a asaltar vuestra ínsula una noche de estas, así que andad con cuidado. Y sé también por espías dignos de confianza que en la ínsula han entrado cuatro hombres disfrazados que tienen intención de mataros, por lo que os aconsejo que estéis alerta.

Vuestro amigo,
El Duque

Muy temeroso quedó Sancho con aquellas noticias, pues no sabía que eran simples embustes del duque para meterle miedo. Sin embargo, la inquietud le duró muy poco, porque enseguida se lo llevaron a comer y el mayordomo lo sentó ante una mesa llena de apetitosos manjares. Había una olla de cocido que humeaba, cazuelas de conejo guisado y de ternera en adobo y grandes fuentes rebosantes de frutas. A Sancho se le alegraron los ojos con la comida, pero, antes de que pudiera probar nada, se le puso al lado un personaje muy serio y estirado que le dijo:

—Yo soy el doctor Pedro Recio, natural de Tirteafuera, y tengo el deber de velar por vuestra salud, así que no se os ocurra probar nada de lo que hay en esta mesa, porque todo son alimentos que hacen mala digestión.

—Por eso no sufráis —respondió Sancho—, que yo puedo comer de todo porque tengo el estómago acostumbrado a vaca y tocino, nabos y cebollas.

—Pues aquí sólo comeréis unas láminas de hojaldre y unas tajadicas finas de carne de membrillo, que todo hartazgo es malo y el poco comer os avivará el ingenio.

Cuando Sancho oyó aquello, le vino a la memoria la carta del duque, y entonces se dijo: «¡Vete con ojo, Sancho, que este es sin duda el enemigo que ha venido a matarte, y con la peor muerte de todas, que es morir de hambre». Así que le dijo al médico:

—Doctor Pedro Recio, natural de Tirteafuera, salid de aquí ahora mismo y dejadme comer o cogeré un garrote y os echaré a palos de la ínsula.

Temeroso de Sancho, el médico salió de la sala sin decir esta boca es mía, pero en los días siguientes volvió a presentarse cada vez que el gobernador se sentaba a la mesa, y le prohibió uno tras otro todos los platos que pudieran apetecerle. «¡Malditos sean el doctor y la ínsula!», se decía el pobre Sancho, «que oficio que no da de comer no vale dos habas». Pero, a pesar del hambre que pasaba, se empeñó en cuerpo y alma en gobernar lo mejor posible: limpió la ínsula de maleantes, desterró a los tenderos que engañaban a sus clientes, reunió comida y ropa para los huérfanos, visitó las cárceles para consolar a los presos y se esforzó en premiar a los buenos y castigar a los malos. Todas las horas del día las dedicaba a su gobierno, y se negaba en redondo a salir de caza como hacían otros gobernantes, pues le parecía que su deber era cuidar de su ínsula, y no holgazanear detrás de un ciervo o de un jabalí. En fin, que Sancho se comportó con tanta nobleza y dictó leyes tan buenas, que todavía hoy se obedecen en aquel lugar, donde se les ha dado el nombre de «Las constituciones del gran gobernador Sancho Panza».

Mientras Sancho llevaba adelante su falso gobierno, la duquesa inventó una nueva burla, y cierto día le dijo a uno de sus pajes:

—Vas a ir a la aldea de don Quijote y le llevarás a Teresa Panza la carta que le escribió Sancho, otra carta de mi parte y un regalo que os daré para ella.

El paje, que era hombre gracioso y de mucho ingenio, aceptó de buen grado la misión, y en pocos días se plantó en la aldea de don Quijote. Al llegar, preguntó por Teresa Panza, y entonces le señalaron a una mujer de unos cuarenta años, fuerte y tiesa y con la piel muy tostada por el sol del campo. El paje cabalgó hacia ella y, cuando la tuvo delante, se apeó del caballo, se puso de rodillas y dijo con mucha solemnidad:

—Deme sus manos, mi señora doña Teresa, esposa del señor don Sancho Panza, gobernador de la ínsula Barataria.

—¡Levántese, señor, que se equivoca —respondió Teresa—, que yo no soy más que una humilde labradora, mujer de un escudero y no de un gobernador!

—Vuestra merced es esposa dignísima de un gobernador archidignísimo, y en prueba de ello, tenga este regalo que le envía mi señora la duquesa.

Entonces el paje se sacó de la manga un collar de corales rematado con dos bolas de oro puro y se lo colgó del cuello a Teresa, quien se sintió a dos dedos de volverse loca de alegría. Luego el paje le dijo que le llevaba además una carta de Sancho y otra de la duquesa, a lo que Teresa respondió:

—Pues hágame el favor de leérmelas, que yo no sé el abecé.

En su carta, Sancho le decía a Teresa que, como ya era gobernador de una ínsula, muy pronto se pasearían por la corte en un coche de caballos y podrían casar a Sanchica con un condazo de tomo y lomo. Por su parte, la duquesa explicaba que Sancho gobernaba su ínsula a las mil maravillas y que ella se moría de ganas de conocer a Teresa, y que había oído hablar muy bien de las bellotas que se criaban en la aldea de don Quijote.

—¡Pues yo le enviaré a vuestra señora un saco de bellotas tan grande que se relamerá nada más verlo! —exclamó Teresa cuando el paje acabó de leer—. ¡Y qué claro se ve por esas cartas que mi Sancho ya está hecho todo un gobernador, que no es moco de pavo! ¡Y eso que aquí en el pueblo todo el mundo dice que mi marido no sirve más que para guardar cabras! Pues en dos días me sentará en un coche como si yo fuera una papesa. ¡Santo Dios, y cuántas envidiosas me van a salir!

La buena mujer estaba tan contenta que se puso a saltar y a bailar en plena calle mientras canturreaba:

—¡Gobiernito tenemos, que soy gobernadora!

Entonces le dijo a Sanchica que le sirviera al paje unos huevos con tocino y, mientras tanto, ella se fue a buscar a un monaguillo al que conocía y le dio un par de bollos a cambio de que le escribiese dos cartas: una para Sancho y otra para la duquesa. Luego, volvió a casa con las cartas y con un saco enorme lleno de bellotas, y le dijo al paje:

—Esto es para vuestra señora.

El paje se guardó las cartas, atravesó el saco en las ancas de su caballo y volvió a toda prisa al palacio de sus señores. Y, cuando los duques leyeron al fin las cartas de Teresa, estuvieron a punto de morirse de la risa, pues la buena mujer disparataba de lo lindo. Lo que más repetía era que tenía muchas ganas de pasearse en coche, aunque las envidiosas del pueblo la llamasen villana y harta de ajos cuando la viesen arreglada como una reina.

Y es que la pobre Teresa no sospechaba que el poder de su marido se iba a deshacer en dos días como el humo en el viento. Sucedió que, en la séptima noche de su gobierno, cuando Sancho dormía en su cama, comenzó a sonar de pronto un horrible estruendo de campanas y voces, tambores y trompetas, tan grande que parecía como si toda la ínsula se estuviera hundiendo. Confuso y temeroso, Sancho saltó de la cama y salió de su cuarto en camisón, y entonces vio que por todas partes corrían soldados con las espadas en alto gritando «¡alarma, alarma!».

—¡Ármese, señor gobernador —le dijo uno de ellos—, que han entrado infinitos enemigos en la ínsula y sin vuestra ayuda no haremos nada!

—¿Que me arme? Eso déjenlo para mi señor don Quijote, que se echa los gigantes a las barbas de seis en seis. Pero yo, ¿cómo me voy a armar si no sé ni empuñar una espada?

Sin embargo, tanto le insistieron, que al final dejó que lo armasen. Y, como aquella guerra no era más que una burla, lo que hicieron fue ponerle un gran escudo por delante y otro por detrás y atarlos entre sí con unos cordeles, con lo que Sancho quedó emparedado entre dos conchas como si fuera una tortuga. Por entre los escudos le sacaron un brazo y, poniéndole una lanza en la mano, le dijeron:

—¡Guíenos vuestra merced, y moriremos si es preciso!

Sancho intentó caminar, pero, como no podía doblar las rodillas, cayó al suelo con un golpe tan grande que creyó que se había hecho pedazos. Y lo peor fue que los soldados lo dejaron tirado y siguieron corriendo de aquí para allá, de tal manera que unos tropezaban con él y otros le caían encima, y el pobre Sancho tuvo que esconder la cabeza en su caparazón de escudos para que no se la partiesen en dos a fuerza de pisotones.

—¡Cierren las puertas de la muralla! —decía el capitán de los soldados—. ¡Levanten trincheras! ¡Disparen contra el enemigo!

«¡Ay, Dios mío, sácame de aquí!», susurraba Sancho sudando de miedo. Y ocurrió que el cielo debió de oír sus súplicas, pues, cuando menos lo esperaba, de repente se oyó gritar:

—¡Victoria, victoria, hemos vencido! ¡Los enemigos se van!

Uno de los soldados se acercó al gobernador y le dijo que repartiese el botín, a lo que Sancho respondió con voz doliente:

—Yo lo único que quiero es que me levanten y que me den un trago de vino.

De modo que lo pusieron en pie, le quitaron los escudos y le dieron un buen trago de vino, y entonces Sancho volvió a su cuarto sin decir nada y comenzó a vestirse en silencio. Luego, muy poco a poco porque estaba molido, se fue a la caballeriza, adonde le siguieron todos los demás, y, tras abrazar y besar a su borrico, le colocó la albarda mientras le decía entre lágrimas:

—¡Ven aquí, amigo mío! ¡Qué felices eran mis días cuando no tenía más cuidado que alimentar tu corpezuelo! Pues, desde que me subí a las torres de la ambición, no ha tenido mi alma ni una sola hora de descanso.

Y luego se montó en el asno y les dijo a los que allí estaban:

—Abridme paso, que me voy, pues yo no nací para defender reinos, y prefiero hartarme de ajos y dormir al pie de una encina que temblar de miedo en una blanda cama y permitir que un médico de Tirteafuera me deje en los huesos mondos.

—No se vaya, señor —dijo entonces el doctor Recio—, que yo prometo que en adelante le dejaré comer en abundancia.

—¡Ya es tarde, amigo! —respondió Sancho—. Los Panzas somos muy testarudos, y cuando decimos que no es que no, y no hay que estirar más el brazo que la manga y cada oveja con su pareja. Y déjenme pasar, que se me hace tarde.

Todos los que estaban allí lo miraban con tristeza, arrepentidos de haberle tratado tan mal, pero, por más que le insistieron para que se quedase, Sancho no dio su brazo a torcer, sino que se despidió con muchas lágrimas y se marchó diciéndose: «Ahora ya sé que no nací para gobernar y que las riquezas que se ganan en las ínsulas son a costa de perder la comida y el sueño».

Aunque Sancho partió al amanecer, se tomó el viaje con tanta calma que se le hizo de noche poco antes de llegar al castillo de los duques. Al ver las primeras estrellas, se apartó del camino en busca de un lugar donde dormir, pero, como la noche era muy oscura, no veía por dónde iba, así que acabó cayendo en una honda sima de la que no había forma de salir. El asno quedó patas arriba y empezó a quejarse, y Sancho se puso a llorar y a dar gritos para que le ayudaran, aunque fue como darlos en el desierto, porque por aquellos andurriales no había ni un alma.

Pero dejemos a Sancho en su desgracia y sepamos qué le ocurrió a don Quijote mientras duraba el gobierno de su escudero. Y es el caso que el hidalgo añoraba tanto a Sancho, que se pasó la mayor parte de los días caminando sin rumbo por el castillo y sus alrededores, con la mirada perdida y la cabeza gacha. Pero no por eso los duques dejaron de hacerle burlas para entretenerse a su costa. Y, entre otras cosas, fingieron que en el palacio había una doncella que se moría de amor por don Quijote, así que el caballero sufrió lo indecible, pues no quería lastimar a la muchacha pero tampoco podía hacerle un hueco en su corazón, que estaba ocupado de medio a medio por la altísima Dulcinea. Y otro día le metieron en su cuarto una legión de gatos furiosos, que saltaron sobre las narices de don Quijote y le dejaron la cara acribillada, por lo que el pobre tuvo que pasarse ocho días en la cama, con la cabeza vendada desde la nuez de la garganta hasta la punta de los cabellos. En fin, que el buen caballero recibió en pocos días más arañazos, puñadas, pellizcos y alpargatazos que en toda su vida, aunque él siempre pensó que todo eran fechorías de algún maligno encantador.

Recuperado al fin de sus heridas, don Quijote decidió ponerse en camino cuanto antes, pues le parecía que aquella vida ociosa que llevaba en palacio no era propia de un buen caballero andante. Como las justas de Zaragoza se acercaban, tomó la costumbre de salir al campo todos los días de buena mañana para ejercitarse en el galope a lomos de Rocinante. Y sucedió que, uno de aquellos días, el caballo arrancó a correr con muchos bríos hasta llegar al borde de una sima, en la que estuvieron a punto de caer. Entonces don Quijote miró hacia abajo y oyó una voz que decía:

—¡Ah los de arriba! ¿Hay algún caballero que se duela de un gobernador sin gobierno que ha acabado enterrado en vida?

«¡Pero si es la voz de Sancho!», se dijo don Quijote, lleno de asombro, y luego gritó:

—¿Quién está ahí abajo? ¿Quién se queja?

—¿Quién va a ser sino el desgraciado de Sancho Panza?

«¡Ay Dios!», pensó don Quijote, «que mi buen escudero está muerto y su alma está penando aquí abajo».

—Si eres Sancho y estás en el purgatorio —dijo—, no temas, que pagaré mil misas por tu alma con tal de ponerte en el cielo.

—Sí que soy Sancho, y vuestra merced debe de ser mi señor don Quijote. Pero sepa que no me he muerto ni una sola vez en todos los días de mi vida, sino que anoche caí en esta sima con mi borrico, que no me dejará mentir.

Entonces, como si entendiera a su amo, el asno comenzó a rebuznar, y lo hizo con tanta fuerza que retumbó toda la cueva.

—¡Yo conozco ese rebuzno como si lo hubiera parido! —exclamó don Quijote—. Y también reconozco tu voz, Sancho mío, así que espérame, que iré al castillo del duque y traeré a alguien que te saque de ahí abajo.

—Vaya, señor, pero vuelva pronto o me moriré de miedo.

Cuando los duques se enteraron de lo que le había pasado a Sancho, quedaron muy asombrados, y enseguida enviaron a muchos criados con cuerdas, que con no poco trabajo sacaron al asno y a su amo a la luz del sol. Y cuando Sancho entró por fin en el castillo, se arrodilló ante los duques y les dijo:

—Yo, señores, fui a gobernar vuestra ínsula Barataria, de la que vuelvo sin haber ganado ni perdido nada. Ordené las leyes que mejor me parecieron, hice justicia como mejor supe y estuve a punto de morir de hambre por culpa de un médico que me puso a dieta. Anteanoche nos atacaron los enemigos y salimos victoriosos, pero mis hombros no podían llevar la pesada carga del gobierno, así que decidí dejar la ínsula y volver al servicio de mi señor don Quijote, pues con él al menos me harto de pan, aunque lo coma con sobresalto.

Los duques abrazaron a Sancho y le prometieron otro oficio menos duro que el de gobernador, pero don Quijote dijo:

—No será necesario, pues mañana mismo volveremos a los caminos en busca de aventuras.

Aquella noche, Sancho se deshizo en lágrimas cuando le leyeron las cartas de su Teresa, porque le dio mucha pena pensar en qué poco había quedado el deseo de su mujer de pasearse en coche. Pero al día siguiente recobró la sonrisa cuando los duques le entregaron un bolsico con doscientos escudos de oro para los gastos del camino. Y así, más animado y alegre que nunca, salió del castillo con rumbo a Zaragoza, en compañía de su amo y a lomos de su querido borrico, del que se prometió que nunca más habría de separarse ni por todo el oro del mundo.

El retorno del caballero

Cuando don Quijote se vio de nuevo a cielo abierto, libre para ir a donde quisiera, se sintió tan feliz que dijo:

—La libertad, Sancho, es uno de los dones más preciosos que han recibido los hombres: vale más que todos los tesoros de la tierra y del mar, y por ella conviene arriesgar la vida si es preciso, pues no hay pena mayor en el mundo que ser esclavo de otro o verse cautivo.

Aquella mañana, Rocinante no dejó de relinchar, y el borrico de Sancho soltó desde su tripa más de diez olorosos suspiros, de lo que se alegró mucho don Quijote, pues le pareció que todo aquello eran presagios de grandes victorias. Sin embargo, a media tarde el caballero se dejó vencer por la tristeza, pues volvió a acordarse de Dulcinea y se la imaginó brincando por los campos a lomos de una borrica. Sancho no se había dado más que cinco azotes de los tres mil que hacían falta para desencantar a la emperatriz de la Mancha, pero, por más que don Quijote le insistió en que se azotase, no consiguió ablandarle el corazón.

—Tenga paciencia —decía Sancho—, que cuando menos lo espere me dejaré el trasero hecho un colador.

Aquella noche, amo y criado se recogieron en una venta, donde nada más entrar toparon con un caballero que leía un libro. Y, al pasar por su lado, le dijo el ventero:

—¿Os gusta el libro, señor don Jerónimo?

A lo que respondió el caballero:

—¿Cómo me va a gustar si está lleno de disparates? Y lo peor es que pinta a don Quijote desenamorado de Dulcinea.

Al oír aquello, don Quijote rugió encendido en cólera:

—Quien diga que don Quijote ha olvidado a Dulcinea miente más que habla, pues yo sé mejor que nadie que la princesa del Toboso reina en mi corazón con más fuerza que nunca.

Cuando el tal don Jerónimo miró al recién llegado, comprendió al instante que estaba ante el mismísimo don Quijote de la Mancha, así que le dio un gran abrazo al tiempo que decía:

—Bien veo que sois el famoso don Quijote, y este es sin duda vuestro leal escudero. Yo, señor, leí con mucho gusto la primera parte de vuestras aventuras, en la que Cide Hamete os pintaba con enorme respeto. Por eso hace unos días compré este otro libro, titulado *Segunda parte de las hazañas de don Quijote*, que es obra de un tal Avellaneda. Pero está claro que este autor desconocido quiere arruinar vuestra buena fama, pues os describe como un hombre torpe, chillón y desenamorado y retrata a Sancho Panza como un borracho simplón y nada gracioso.

—Entonces no haga caso de ese historiador de tres al cuarto —dijo Sancho—, porque nosotros somos como dice Cide Hamete: mi amo, valiente, discreto y enamorado hasta las cachas; y yo, tan gracioso que soy capaz de alegrar a la misma tristeza.

—A mí que me retrate quien quiera —terció don Quijote—, pero que no me maltraten, o perderé la paciencia.

Aquella noche, don Jerónimo charló largo y tendido con don Quijote, quien le contó las maravillas que había visto en la cueva de Montesinos y le explicó que iba camino de Zaragoza para participar en unas justas.

—Pues, según Avellaneda, ya habéis estado en esa ciudad —advirtió don Jerónimo, a lo que respondió don Quijote:

—Entonces no pondré los pies en Zaragoza, y así demostraré que ese tal Avellaneda miente como un bellaco.

Don Jerónimo le dijo que en Barcelona había otras justas donde podría demostrar su valor, así que a la mañana siguiente don Quijote y Sancho se pusieron en camino hacia tierras de Cataluña. Tras seis días de viaje, una noche se cobijaron bajo unas encinas y sucedió que, cuando Sancho dormía más a su sabor, notó que alguien empezaba a bajarle los calzones.

—¿Qué pasa? —dijo sobresaltado—. ¿Quién me desnuda?

—Soy yo —contestó don Quijote—, que vengo a darte los tres mil azotes que le debes a Dulcinea.

—Merlín dijo que los azotes tenían que ser voluntarios...

—Pues yo no pienso dejarlo a tu voluntad, porque he visto que tienes el corazón muy duro y las carnes muy blandas.

—Le digo que me deje o acabaremos mal —replicó Sancho, quien se defendió con tanta fuerza que acabó por tumbar a don Quijote en el suelo.

—¡Oh traidor! —se quejó el caballero—. ¿Contra mí te rebelas, que te doy de comer de mi pan?

Pero Sancho ya no le escuchaba, pues se había alejado un buen trozo buscando otro árbol bajo el que dormir. Y ya se estaba acomodando al pie de una encina cuando sintió que algo le rozaba la cabeza y, al alzar las manos, notó con horror que lo que tenía encima eran los pies de una persona. Temblando de miedo, corrió hacia otro árbol, pero también allí topó con unas piernas ataviadas con calzas y zapatos, y lo mismo le pasó con todos los árboles a los que se acercó, así que empezó a gritar:

—¡Venga deprisa, señor don Quijote, y verá que los árboles de aquí no crían frutos sino piernas humanas!

Llegó corriendo don Quijote y, tras palpar las piernas, dijo con mucha calma:

—No tengas miedo, Sancho, que lo que pasa es que estos árboles están llenos de bandoleros ahorcados por la justicia, lo que me da a entender que ya debemos de estar cerca de Barcelona.[1]

Y así era. Pero lo peor fue que, nada más amanecer, aparecie-

---

1 En época de Cervantes, Cataluña estaba llena de bandoleros que causaban muchos problemas políticos y sociales.

ron de improviso más de cuarenta bandoleros vivos, que rodea-
ron a don Quijote y a Sancho y saquearon las alforjas del escudero. Y ya estaban a punto de registrar al propio Sancho y de
encontrarle los cien escudos que le había dado el duque cuando
de pronto se oyó decir:

—¡Dejad a ese pobre hombre!

El que hablaba era el capitán de los bandoleros, que acababa
de llegar a lomos de un poderoso caballo y armado con cuatro
pistolas. Era un hombre de unos treinta y tantos años, robusto,
moreno y de mirada seria. Y lo que más le admiró de don Quijote fueron su vieja armadura y la honda tristeza de sus ojos.

—No estéis tan apenado, buen hombre —le dijo—, que yo
no soy ningún asesino, sino el famoso bandolero Roque Guinart, que es más compasivo que riguroso.

—Lo que me apena —contestó don Quijote— no es haber
caído en tus manos, famosísimo Roque, sino que tus hombres
me hayan sorprendido sin armas, cuando mi deber de caballero
es vivir siempre alerta y con el puño aferrado a la espada. Pues
debéis saber que yo soy don Quijote de la Mancha, de cuyas
grandes hazañas ya se habla en todo el mundo.

Roque Guinart había oído contar que en aquellos días iba
por los caminos un hombre entrado en años que decía ser caballero andante y se hacía llamar don Quijote, así que se alegró
mucho de conocer a aquel loco del que tanto se hablaba. Y, como las tierras de Cataluña se habían vuelto muy peligrosas, se
ofreció a acompañar a don Quijote y a Sancho hasta Barcelona
para que no les pasara nada en el camino.

Tres días y tres noches tardaron en llegar a la ciudad, en los
que don Quijote quedó fascinado por la vida aventurera que lle-

vaban Roque y sus hombres. Como la justicia andaba tras ellos, dormían de pie y con el arma cargada en la mano y cambiaban de lugar a cada instante, de forma que amanecían aquí y comían allá, unas veces huían sin saber de quién y otras esperaban sin saber a quién. Y, aunque Roque vivía de robar a los viajeros, tenía buen cuidado de no ofender a la gente de bien y obraba siempre con una nobleza que no parecía propia de un forajido. En el fondo, tenía un natural compasivo y generoso, y por eso él mismo se lamentaba de llevar aquella vida miserable de crímenes y asaltos, a la que lo habían arrastrado algunos malos pasos de juventud. Y tanto se avergonzaba de sus fechorías que alguna vez el propio don Quijote lo vio llorar de tristeza.

Al fin, por atajos y sendas escondidas, llegaron a Barcelona, donde don Quijote y Sancho vieron por vez primera el mar, del que admiraron su abundancia y su enorme belleza. El verano tocaba a su fin, los días eran claros y Barcelona se mostraba más hermosa que nunca, hospitalaria con los forasteros y amistosa con todos. Un amigo de Roque, que se llamaba don Antonio y era muy rico, acogió en su casa a don Quijote y a Sancho, pues había leído el libro de Cide Hamete y quería disfrutar con las locuras de uno y las gracias del otro. Don Antonio y sus amigos celebraron muchas fiestas en honor de don Quijote, le llevaron a pasear por Barcelona y hasta lo montaron en una galera para que viese la ciudad desde el mar. Siempre que se cruzaban con él, se inclinaban en una reverencia y le regalaban los oídos como si estuvieran delante de un príncipe, y, aunque en verdad lo hacían en son de burla, don Quijote se enorgullecía de verse tratar tan a lo señor y pensaba que todo aquello era un premio por haber socorrido con sus armas a tantos necesitados.

Y así, pasito a paso, se fue acercando la desgracia. Una mañana en que don Quijote se paseaba a orillas del mar, se le acercó un caballero a lomos de un caballo, cubierto con una armadura y armado con una lanza. Llevaba pintada en el escudo una luna blanca y brillante, y al acercarse a don Quijote le dijo a gritos:

—¡Escúchame, ilustre don Quijote de la Mancha! Yo soy el Caballero de la Blanca Luna y vengo a hacerte confesar que mi dama es mil veces más hermosa que Dulcinea del Toboso. Si no lo confiesas, habré de luchar contigo. Y mis condiciones son que, si te venzo, tendrás que dejar la caballería andante y retirarte a tu casa durante todo un año; y, si soy derrotado, podrás decidir sobre mi vida y quedarte con mi caballo y mis armas.

—Si hubierais visto a Dulcinea —respondió don Quijote con mucha calma— sabríais que no hay belleza comparable a la suya, así que acepto vuestro desafío.

De modo que los dos caballeros se alejaron el uno del otro y luego comenzaron a correr para embestirse con las lanzas. Y sucedió que el de la Blanca Luna topó contra don Quijote con tanta fuerza que dio con él y con Rocinante en el suelo.

—Señor don Quijote —dijo entonces, poniéndole al vencido la espada ante los ojos—, confesad que mi dama es más hermosa que la vuestra o tendré que mataros aquí mismo.

A lo que respondió don Quijote con voz débil y enferma:

—Dulcinea del Toboso es la dama más hermosa del mundo y mentiría si dijera lo contrario, así que quítame la vida como me has quitado el honor.

—Eso jamás —dijo el de la Blanca Luna—: me contento con que os retiréis a vuestra casa y no volváis a tomar las armas al menos en un año.

Don Quijote respondió que así lo haría y, con esa promesa, el Caballero de la Blanca Luna se entró en la ciudad a medio galope, rodeado por una nube de muchachos. Tras llegar al mesón donde se hospedaba, se quitó la armadura, y aquella misma tarde partió camino de la Mancha. Pues debes saber, amable lector, que el Caballero de la Blanca Luna no era ni más ni menos que Sansón Carrasco, aquel bachiller que había intentado derrotar a don Quijote haciendo de Caballero de los Espejos. Llevaba mucho tiempo tras los pasos del hidalgo, y al fin lo había encontrado y vencido. Y de esa manera había dado fin a su plan, pues don Quijote ya quedaba comprometido a volver a su aldea, donde podría curarse y recobrar el juicio.

Mientras tanto, don Antonio y sus amigos levantaron del suelo a don Quijote, que había perdido el color del rostro y tenía doloridos todos los huesos del cuerpo. Seis días tuvo que pasarse en cama, en los que no dejó de darle vueltas a la desgracia de su derrota. Sancho cuidó de él y de Rocinante, que había acabado tan malparado como su dueño. Y, aunque el buen escudero lamentaba el fin de aquellas aventuras con las que esperaba llegar a rico, hizo todo lo posible por mostrarse alegre ante su amo y consolarlo con tiernas palabras.

Llegó así la hora de emprender el camino de regreso, en el que don Quijote cabalgó despojado de su armadura y vestido con ropas de diario. Y lo peor fue que en la primera noche de su viaje volvió a probar el amargo sabor de la desgracia. Resultó que, cuando estaba descansando con Sancho debajo de unos árboles, de repente apareció una piara de más de seiscientos cerdos que unos hombres llevaban a una feria. Y, sin guardar respeto a nadie, llegaron las bestias a la carrera, gruñendo y resoplando, y se llevaron por delante a don Quijote, a Sancho, a Rocinante y al borrico, que acabaron tumbados en el suelo y pisoteados por cerdosas pezuñas. Sancho le pidió la espada a su amo para matar a todos los puercos que pudiese, pero don Quijote contestó:

—Déjalos estar, amigo, que al caballero que va vencido como yo es justo que le muerdan los leones y le pisen los puercos.

El regreso fue, en fin, pesaroso y triste. Por las noches, don Quijote no lograba dormir, porque los malos pensamientos acudían a su imaginación como las moscas a la miel. Desde el anochecer hasta el alba, todas las horas se le iban en recordar a la encantada Dulcinea y en cantarle coplas de amor con el corazón encogido y los ojos llenos de lágrimas.

—Escucha, Sancho —dijo un día don Quijote—, si quieres cobrarte por los azotes de Dulcinea, dátelos tú mismo y yo te los pagaré al contado.

Abrió Sancho los ojos y las orejas un palmo y respondió:

—Dígame vuestra merced cuánto me dará por cada azote.

—Lo que quieras, Sancho, porque ni con todo el oro del mundo podría pagarse el desencanto de Dulcinea.

Pidió el escudero un cuartillo por cada azote y luego calculó a duras penas que la azotaina completa le iba a salir a don Quijote por ochocientos veinticinco reales, con los que Sancho pensaba entrar en su casa rico y contento aunque bien azotado. Así que aquella misma noche se desnudó de medio cuerpo arriba y le quitó las riendas a su borrico para azotarse con ellas. Don Quijote lo vio ir con tantas ganas que tuvo que decirle:

—Ten cuidado, Sancho, y no te des todos los azotes en una sola noche, no sea que te hagas pedazos y te mates así como así.

Deseoso de acabar cuanto antes, el escudero se metió entre

unos árboles y empezó a darse latigazos mientras su amo los contaba en voz alta. Pero, a los siete u ocho azotes, dijo Sancho:

—Creo que el precio de esta zurra es muy barato, así que quiero que me pague cada azote al doble de lo acordado.

—Me parece bien —respondió don Quijote.

—Entonces ¡lluevan azotes, que el que quiere truchas se ha de mojar las calzas!

Pero el muy pícaro dejó de dárselos en las espaldas y empezó a darlos contra los árboles, lanzando un suspiro de vez en cuando, tan hondo como si se estuviera arrancando el alma.

—Basta, Sancho —dijo al fin don Quijote—, que ya te has azotado más de mil veces.

—Apártese vuestra merced y déjeme darme otros mil azotes.

Pero eran tan grandes los suspiros que daba Sancho que don Quijote temió por su vida, así que acudió a quitarle las riendas y lo convenció de que siguiera con el maltrato otro día. Sancho obedeció quejándose por fuera y sonriendo por dentro, y en las dos noches siguientes concluyó su azotaina a costa de las cortezas de otros cuantos árboles, con lo que don Quijote quedó engañado pero feliz, convencido de que Dulcinea ya estaba desencantada. Y justo al día siguiente del fin de los azotes, asomó por fin la aldea de don Quijote en el horizonte, y, al verla, se arrodilló Sancho y comenzó a decir:

—Abre los ojos, deseada patria, y recibe con la gloria que merecen a estos dos hijos tuyos...

A lo que dijo don Quijote que se dejase de tonterías y subiera al borrico para entrar en la aldea. Y, nada más llegar, se cruzaron con el cura y con Sansón Carrasco, que los recibieron con grandes abrazos y se ofrecieron a acompañar a don Quijote hasta su casa. Los chiquillos del pueblo, que los vieron pasar, empezaron a gritar de calle en calle que don Alonso y Sancho ya estaban de vuelta. Teresa Panza oyó la buena noticia y salió de casa loca de alegría, con el pelo revuelto y a medio vestir. Y, cuando vio que Sancho volvía a pie, le dijo:

—¿Cómo es que no vienes en tu coche de gobernador?

—Calla, Teresa —susurró Sancho—, que vengo más rico de lo que parece. Dineros traigo, que es lo que importa, y ganados sin daño de nadie, salvo de las cortezas de unos cuantos árboles.

Camino de su casa, don Quijote les contó al cura y al bachiller que había caído derrotado en Barcelona y que debía permanecer en la aldea durante todo un año. Y luego añadió:

—¿Han leído vuestras mercedes esos libros en que aparecen unos pastores que suspiran y cantan coplas de amor en la soledad de los bosques?

El cura y el bachiller asintieron, sin saber adónde iría a parar don Quijote.

—Pues he decidido que en este año —dijo el caballero— me dedicaré a ser pastor con el nombre de Quijótiz y cantaré al son de un laúd y derramaré mil lágrimas por mi amada. Sancho me ha prometido que se vendrá conmigo, y nos gustaría que vuestras mercedes nos acompañasen.

—Por supuesto que lo haremos —contestó el cura mientras maldecía por dentro aquella nueva locura de su vecino.

Con eso llegó don Quijote a su casa, donde ya le esperaban su sobrina y la criada. Apenas las vio, el caballero les dijo:

—Ay hijas, llevadme a la cama, que no vengo muy bueno.

Y es que regresaba tan y tan triste por saberse vencido, que acabó cayendo enfermo. Seis días se pasó en la cama con unas fuertes fiebres, en los que Sancho no se separó de su lado ni un momento. El bachiller, el cura y el barbero trataban de animarlo diciéndole que muy pronto todos se irían al campo a hacer de pastores. Pero, como don Quijote no mejoraba, tuvo que visitarlo el médico, que le tomó el pulso y dijo consternado:

—Cuide, señor, de la salud de su alma, que estas penas que le llenan el corazón se lo van a llevar por mal camino.

Comprendió don Quijote que se estaba muriendo, pero recibió la noticia con ánimo sosegado. En cambio, su criada, su sobrina y Sancho comenzaron a llorar con mucho sentimiento, pues ya se ha dicho alguna vez que don Quijote era un hombre bueno y se hacía querer. El caso es que, tras la visita del médico, el hidalgo durmió de un tirón más de seis horas y, cuando despertó, comenzó a gritar con mucha alegría:

—¡Bendito sea Dios, pues acaba de devolverme el juicio! Ahora ya sé que perdí la luz del entendimiento por culpa de los libros de caballerías, que en otro tiempo leí con placer y hoy condeno y maldigo con toda mi alma. Ya nunca más seré don Quijote, sino Alonso Quijano, a quien en esta aldea llaman *El Bueno*. Pero decidle al cura que venga, que quiero que me confiese, y traedme a un escribano para que pueda dictarle mi testamento, pues siento que me voy muriendo a toda prisa.

Con aquellas palabras, se deshicieron en lágrimas los ojos de todos los que estaban en el cuarto, quienes no tuvieron dudas de que era cierto que don Alonso se les iba. Entró el cura y lo confesó, y luego don Quijote dictó su testamento, en el que le dejó a su sobrina su casa y sus tierras, a la criada veinte ducados para un vestido y a su escudero el salario que le debía por sus buenos servicios. Con eso, entró Sancho en el aposento, y don Quijote le dijo:

—Perdóname, amigo, por las veces que te he hecho parecer loco sin serlo.

—¡Ay, señor mío —contestó Sancho sin dejar de llorar—, no se muera vuestra merced, sino hágame caso y viva muchos años, porque la mayor locura que puede hacer un hombre en esta vida es dejarse matar por la tristeza! Levántese de esa cama y vámonos al campo vestidos de pastores, que quizá detrás de algún arbusto encontraremos desencantada a la señora Dulcinea.

Pero don Quijote insistió en que ya no estaba loco sino cuerdo, y que ya no sería caballero ni pastor, sino Alonso Quijano el Bueno, que había nacido hidalgo en una aldea de la Mancha. Tres días siguió viviendo, en los que se desmayó muchas veces, hasta que al fin le llegó el momento de su último suspiro y se fue para siempre. El cura le pidió al escribano que dejase constancia de que Alonso Quijano el Bueno, conocido como don Quijote, había muerto en su casa de muerte natural, no fuera a aparecer otro Avellaneda y lo resucitase para hacerle vivir nuevas aventuras.

Y con eso se acabaron las hazañas y desdichas de aquel hidalgo que se dejó engañar por sus libros y murió cuerdo después de vivir loco. Que en paz descanse allí donde esté.

FIN

a c t i v i d a d e s

Don Quijote

Argumento

1. Tras volverse loco, el hidalgo **Alonso Quijano** decide hacerse caballero andante, con lo que empieza una vida de lo más ajetreada. ¿Por qué enloquece don Alonso y qué pretende lograr con sus aventuras? (págs. 9-10) ¿Cómo son las armas, el caballo y la amada que elige? (págs. 10-12) ¿Crees que escoge a la persona idónea para que le nombre caballero? (pág. 13)

2. Desde su **primera salida**, don Quijote no para de dar y recibir golpes. ¿Qué le ocurre mientras vela sus armas? (págs. 14-15) ¿Y cuando intenta homenajear a Dulcinea? (pág. 18) Ya de vuelta en la aldea, ¿qué hacen el cura y el barbero para remediar su locura? (pág. 20)

3. En su segunda salida, don Quijote se hace acompañar por el labrador **Sancho Panza**. ¿Cómo es Sancho y por qué acepta el oficio de escudero? (págs. 22-23) ¿Qué actitud adopta durante el episodio de los **molinos**? (pág. 24) ¿Cómo se explica don Quijote el final desgraciado de esa aventura? (pág. 24)

4. Cierta noche, don Quijote y Sancho se alojan en una **venta**, donde acaban enzarzados en una gran riña. ¿Cómo empieza la pelea? (págs. 28-29) ¿Qué le sucede a Sancho cuando intenta remediar sus dolores con el bálsamo de Fierabrás? (pág. 31) ¿Y cuando se niega a pagarle al ventero por el gasto que ha hecho en la venta? (pág. 32)

153

a c t i v i d a d e s

5 Por culpa de su locura, don Quijote confunde de continuo lo real con lo imaginario. ¿Por qué ataca a las **ovejas**? (pág. 34) ¿Qué se imagina cuando suenan los **batanes**? (pág. 36) ¿Qué es en verdad el **yelmo de Mambrino**? (pág. 38) ¿Por qué libera don Quijote a los **galeotes** y qué pago recibe por ello? (págs. 40-44)

6 ¿Para qué se queda don Quijote a solas en **Sierra Morena**? (pág. 46) ¿Qué misión debe cumplir Sancho mientras tanto? (pág. 47) Al final, ¿qué aventura obliga a don Quijote a abandonar la montaña? (págs. 55)

7 Ya en la venta, ¿a qué se debe que don Quijote acuchille los **cueros de vino**? (pág. 64) Al día siguiente, ¿quién y por qué aporrea a Sancho? (pág. 68) En la disputa por el **baciyelmo**, ¿qué disparate dicen los amigos de don Quijote para reírse un rato? (pág. 69) Cuando la paz vuelve a la venta, ¿qué inesperada aparición motiva una nueva pelea? (pág. 70)

8 Para devolver a don Quijote a su hogar, el cura se inventa una farsa muy sofisticada. ¿Qué le hace creer al caballero? (págs. 71-72) Camino de la aldea, ¿por qué arremete don Quijote contra una **procesión**? (pág. 75) ¿Cómo reacciona Sancho al creer que su amo ha muerto? (págs. 75-76)

9 Tras pasar más de un mes en la cama, don Quijote emprende su **tercera salida**. ¿Qué curioso libro le anima a buscar nuevas aventuras? (pág. 79) ¿Por qué Sancho teme ir al **Toboso** y qué se inventa para no salir perjudicado? (págs. 82-84) En ese mismo capítulo, ¿con qué golpe de suerte acaba la aventura de los **leones**? (pág. 89)

10 ¿Por qué motivo discuten y se desafían don Quijote y el misterioso **Caballero del Bosque**? (pág. 93) ¿Quién es en realidad ese caballero y por qué ha buscado el combate con don Quijote? (pág. 97)

11 El *Quijote* nos da a entender que no siempre es fácil distinguir lo real de lo fingido y lo soñado. ¿Cómo se manifiesta esa idea en el episodio de la **cueva de Montesinos**? (pág. 100) ¿Por qué el mono de **maese Pedro** parece adivino sin serlo? (pág. 103) ¿A qué se debe que don Quijote arremeta contra el retablo de Melisendra? (pág. 105) Aunque parece un buen hombre, ¿quién es en realidad maese Pedro? (pág. 105)

12 Durante el episodio del **rebuzno**, ¿con qué discurso demuestra don Quijote su buena voluntad? (pág. 106) Sin embargo, ¿qué torpeza de Sancho lo estropea todo? (pág. 107) Al final, ¿por qué discuten el caballero y su criado? (págs. 107-108)

13 Al llegar al Ebro, don Quijote cree encontrar un **barco encantado**. ¿Qué misión se propone entonces? (pág. 109) ¿Quiénes son en realidad los fantasmas que ve el caballero y cómo acaba la aventura? (págs. 109-110)

14 Cuando más desanimados se encuentran, los protagonistas se cruzan con unos **duques** que los reciben como héroes. ¿De qué conoce la pareja a don Quijote y Sancho y con qué intención los acoge en su palacio? (pág. 110)

15 Gracias a los duques, don Quijote vive varias aventuras extraordinarias. Según el mago **Merlín**, ¿qué hace falta para desencantar a Dulcinea? (pág. 114) ¿Qué hazaña le pide a don Quijote la condesa **Trifaldi**? (pág. 117) Sin embargo, ¿qué ocurre en realidad en el jardín de los duques durante el supuesto vuelo de **Clavileño**? (págs. 119-120)

16 Para burlarse de Sancho, los duques le encomiendan el gobierno de la **ínsula Barataria**. Contra todo pronóstico, ¿qué virtudes demuestra Sancho como juez y gobernante? (págs. 124 y 126-127) ¿Qué es lo que más le decepciona de su cargo y qué suceso le empuja a dimitir? (págs. 126 y 129-131) ¿En qué curiosas circunstancias se reencuentra Sancho con su amo? (págs. 132-134)

17 ¿Por qué decide don Quijote dirigirse a **Barcelona**? (pág. 138) ¿Cómo descubre Sancho que en Cataluña abundan los bandidos? (pág. 139) ¿Qué siente don Quijote viendo la vida que lleva **Roque Guinart**? (pág. 140) ¿Por qué podemos decir que Roque es un personaje con dos caras? (pág. 141)

18 En Barcelona, don Quijote cae derrotado ante el **Caballero de la Blanca Luna**. Pero ¿quién es en realidad ese caballero y con qué fin ha vencido al de la Triste Figura? (pág. 144)

19 De nuevo en camino, don Quijote no para de pensar en Dulcinea. Al final, ¿cómo convence a Sancho para que se dé los tres mil **azotes**? (pág. 145) Sin embargo, ¿con qué picardía engaña el escudero a su señor? (pág. 146)

20 Vencido y melancólico, **don Quijote regresa a su casa**, donde cae enfermo de gravedad y pasa en cama sus últimos días. En medio de su honda tristeza, ¿qué gran alegría se lleva el hidalgo poco antes de morir? (pág. 149)

Comentario

1 **Don Quijote** es un loco que deforma la realidad teniendo en cuenta lo que ha leído en los libros de caballerías. ¿Por qué resulta disparatado que considere a Rocinante el mejor caballo del mundo? (pág. 12) ¿Cómo distorsiona don Quijote lo que ve y oye en la venta donde lo ordenan caballero? (pág. 12) ¿De qué modo afecta su pasión por los libros de caballerías a su manera de hablar? (págs. 15, 55, 67...)

2 Aunque a ratos pueda resultar peligroso, don Quijote es un hombre bueno, pues ¿qué misión se asigna a sí mismo al hacerse caballero? (pág. 10) ¿Con qué buena intención comete el error de liberar a los galeotes? (págs. 40-41) ¿Podríamos decir que don Quijote es un pacifista? (pág. 106)

3 Don Quijote es un personaje complejo a medio camino de la locura y la cordura. ¿Con respecto a qué cosas disparata una y otra vez? (pág. 123) En cambio, ¿qué pasajes demuestran su buen juicio? (págs. 87, 91, 106, 122-123...)

4 Los personajes que rodean a don Quijote adoptan actitudes muy diferentes con respecto al hidalgo y a su locura. ¿Cómo reacciona el Caballero del Verde Gabán al advertir que don Quijote es un loco cuerdo? (págs. 87-90) ¿Qué opinaríamos hoy de alguien que utilizase a un desequilibrado mental como fuente de diversión, tal y como hacen los duques?

5 ¿Crees que deberíamos imitar algunas de las actitudes de don Quijote o, por el contrario, sería un disparate tomarlo como modelo porque, a fin de cuentas, es un chiflado?

6 La historia de don Quijote parece sugerir que la lectura de novelas puede resultar muy perjudicial. ¿Estás de acuerdo con esa idea? ¿Has deseado tú en alguna ocasión imitar a tus héroes, como le pasa a don Quijote? Si tuvieras que tomar como modelo a un personaje literario, ¿a quién elegirías y por qué?

7 Cervantes presenta a **Sancho Panza** como un hombre materialista, miedoso y aficionado a la buena vida. ¿En qué momentos se hace más evidente su amor por el dinero, su carácter asustadizo y su pasión por la comida? (págs. 27, 36, 45-46, 98, 108, 113, 119, 145-146...) Al margen de sus continuas equivocaciones, ¿cuál es el rasgo más característico de la forma de hablar de Sancho? (págs. 23, 112, 123...)

8 Aunque Sancho parece muy bobo, ¿en qué episodios demuestra una gran astucia? (págs. 36, 69 y 84-85) A juzgar por su comportamiento en la ínsula, ¿nos convendría tener un presidente o un rey como Sancho Panza? ¿Por qué?

9 ¿Qué pasajes recuerdas en que se evidencie con claridad que don Quijote y Sancho tienen caracteres muy distintos? ¿Crees que Sancho aprecia a su amo o te parece que sólo lo sigue por interés? (págs. 75-76, 113 y 150) ¿Qué declaraciones del escudero reflejan la influencia del idealismo y la sabiduría de su señor? (págs. 91 y 121)

10 ¿En qué se aprecia el cariño que siente don Quijote por su escudero? (págs. 124 y 131-132) Con todo, ¿en qué ocasiones le regaña con severidad? (págs. 37, 57, 67, 108 y 139)

11 Cervantes escribió el *Quijote* para burlarse de los **libros de caballerías**, fantasiosas novelas de aventuras protagonizadas por valientes caballeros en que aparecían batallas y torneos, dragones y gigantes, pócimas mágicas, princesas encantadas, brujas y enanos. Cervantes rechazaba los libros de caballerías por sus excesos imaginativos, su falta de verosimilitud y sus deficiencias artísticas. ¿Cómo parodia el autor los bebedizos mágicos y los caballos voladores, tan propios de los libros de caballerías? (págs. 30-31 y 115-120) ¿Y el típico episodio en que el caballero lucha contra una fiera o una legión de gigantes? (págs. 24, 64 y 88-89)

12 En el *Quijote*, la **risa** nace a menudo del enorme contraste que se produce entre lo real y lo imaginado. ¿Cómo describe don Quijote a Dulcinea y cómo lo hace Sancho? (págs. 47-48 y 60) ¿Qué efectos produce el bálsamo de Fierabrás según don Quijote y cuáles tiene en verdad? (págs. 26-27 y 31) ¿Qué diferencias median entre lo real y lo imaginario en el episodio del encantamiento de Dulcinea? (págs. 84-86)

13 Buena parte de los momentos cómicos del *Quijote* derivan de la torpeza con que Sancho maneja el lenguaje. En concreto, ¿cómo deforma la carta de don Quijote a Dulcinea? (págs. 50-51) ¿Qué otras expresiones distorsiona porque no las ha oído nunca? (págs. 27, 39, 79 y 117)

14 ¿Qué personaje te ha hecho reír más: don Quijote o su escudero? ¿Qué características de Sancho te parecen más divertidas? ¿Consideras gracioso o más bien desagradable el momento en que los dos protagonistas vomitan el uno sobre el otro? (pág. 35) ¿Te han hecho reír los golpes que recibe don Quijote o, por el contrario, te ha molestado que sufra tanto en sus aventuras?

15 El *Quijote* nos advierte de que las **apariencias** a menudo engañan y de que una misma situación puede originar opiniones muy dispares. ¿Qué episodio expresa de forma humorística la idea de que no todos juzgamos igual las mismas cosas? (págs. 68-69) ¿Crees que el mundo funcionaría mejor si nos acostumbráramos a adoptar el punto de vista de los demás e intentáramos comprender sus razones en vez de dar por sentado que somos nosotros quienes tenemos la razón?